NF文庫
ノンフィクション

B-29を撃墜した「隼」

関利雄軍曹の戦争

久山 忍

潮書房光人新社

まえがき

関利雄氏は陸軍一式戦闘機「隼」の操縦者だった。米重爆B－29とB－24の撃墜記録を持つ歴戦のパイロットである。終戦後、レンパン島に抑留されて飢餓に瀕したが、苦難を乗り越えて復員した。

稀有であることは、関氏が令和元年を迎えた今もお元気であり、その話を直接聞くことができるという点にある。幸いにも私は取材をすることができたうえに手記や資料の提供を受けた。

関氏は少年飛行兵第十一期生である。太平洋戦争開戦前の昭和十五年に東京陸軍航空学校に入校し、東航を卒業後、熊谷の飛行学校で操縦訓練を受け、飛行学校卒業後に飛行第七十七戦隊に配属された。

太平洋戦争は、ガダルカナル戦のあと陸軍航空部隊の本格的な南方投入が始まった。そのため昭和十八年から昭和十九年にかけて陸軍飛行部隊のベテラン操縦者の戦死が相次いだ。関氏が所属した第七十七戦隊も昭和十九年にニューギニアで全滅した。

ベテラン操縦者の喪失に伴い、正規の操縦教育を受けている関氏は、昭和十九年以降からは弱冠二十歳で主力パイロットとなり、邀撃、要務、船団護衛などの軍務で部隊を牽引する立場に立った。おそらく、戦時中に部隊の中軸操縦者として戦闘機「隼」を駆った最後のひとであろう。

しかもB-29とB-24の単独撃墜の記録を残している。さらにいえば、その撃墜が「タ弾」などの爆弾や体当たり攻撃ではなく、真正面から一三ミリ機関砲を撃って撃墜したという点に驚かされる。単機の軽戦闘機が機関砲によって超大型爆撃機を撃墜するのは、暴走する大型ダンプカーの前に拳銃を持って立ちはだかる行為に等しい。つまり関氏は、不可能に近い撃墜記録を持つ方なのである。

私は、稀有な人と出会うことができた天祐に驚くとともに、取材を快く受け入れてくれた関氏に深く感謝している。改めて御礼を申し上げたい。

本書は、関氏が商業学校（旧制）時代に戦闘機の操縦者を志し、「死の島」レンパン島から生還するまでの記憶を戦後の資料で補いながら記録した。内容は世に出ている勇ましい「空戦記」とは異なり、戦闘機操縦者のありのままの日常が書かれている。激しい空中戦の連続を期待した読者は失望するであろう。

しかし、日常の兵役（一見平穏であるが、たえず危険が内在する戦時生活）のなかで起こる瞬間的な戦闘によって生死を分かつ風景こそが戦闘機乗りの実相なのである。

そうした視点で本書を読んでいただければ、興味深いものになると思われる。

それでは関氏の体験記に入る。本書の文責はすべて私が負うことを申し添える。

久山　忍

陸軍少年飛行兵に志願、「隼」のパイロットになった関利雄

B-29を撃墜した「隼」——目次

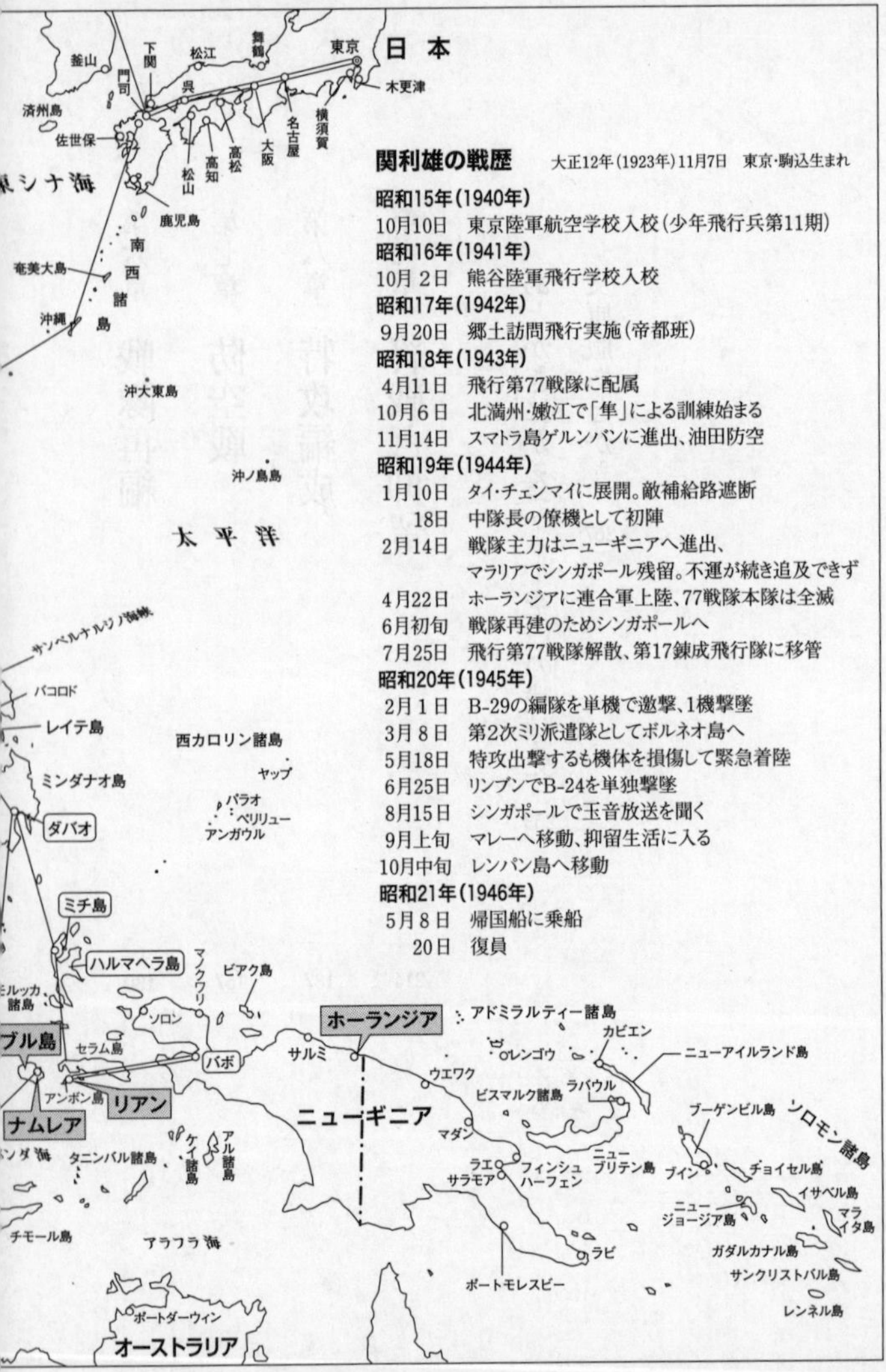

関利雄の戦歴

大正12年(1923年)11月7日　東京・駒込生まれ

昭和15年(1940年)

10月10日　東京陸軍航空学校入校(少年飛行兵第11期)

昭和16年(1941年)

10月 2日　熊谷陸軍飛行学校入校

昭和17年(1942年)

9月20日　郷土訪問飛行実施(帝都班)

昭和18年(1943年)

4月11日　飛行第77戦隊に配属

10月6日　北満州・嫩江で「隼」による訓練始まる

11月14日　スマトラ島ゲルンバンに進出、油田防空

昭和19年(1944年)

1月10日　タイ・チェンマイに展開。敵補給路遮断

18日　中隊長の僚機として初陣

2月14日　戦隊主力はニューギニアへ進出、マラリアでシンガポール残留。不運が続き追及できず

4月22日　ホーランジアに連合軍上陸、77戦隊本隊は全滅

6月初旬　戦隊再建のためシンガポールへ

7月25日　飛行第77戦隊解散、第17錬成飛行隊に移管

昭和20年(1945年)

2月1日　B-29の編隊を単機で邀撃、1機撃墜

3月8日　第2次ミリ派遣隊としてボルネオ島へ

5月18日　特攻出撃するも機体を損傷して緊急着陸

6月25日　リンブンでB-24を単独撃墜

8月15日　シンガポールで玉音放送を聞く

9月上旬　マレーへ移動、抑留生活に入る

10月中旬　レンパン島へ移動

昭和21年(1946年)

5月8日　帰国船に乗船

20日　復員

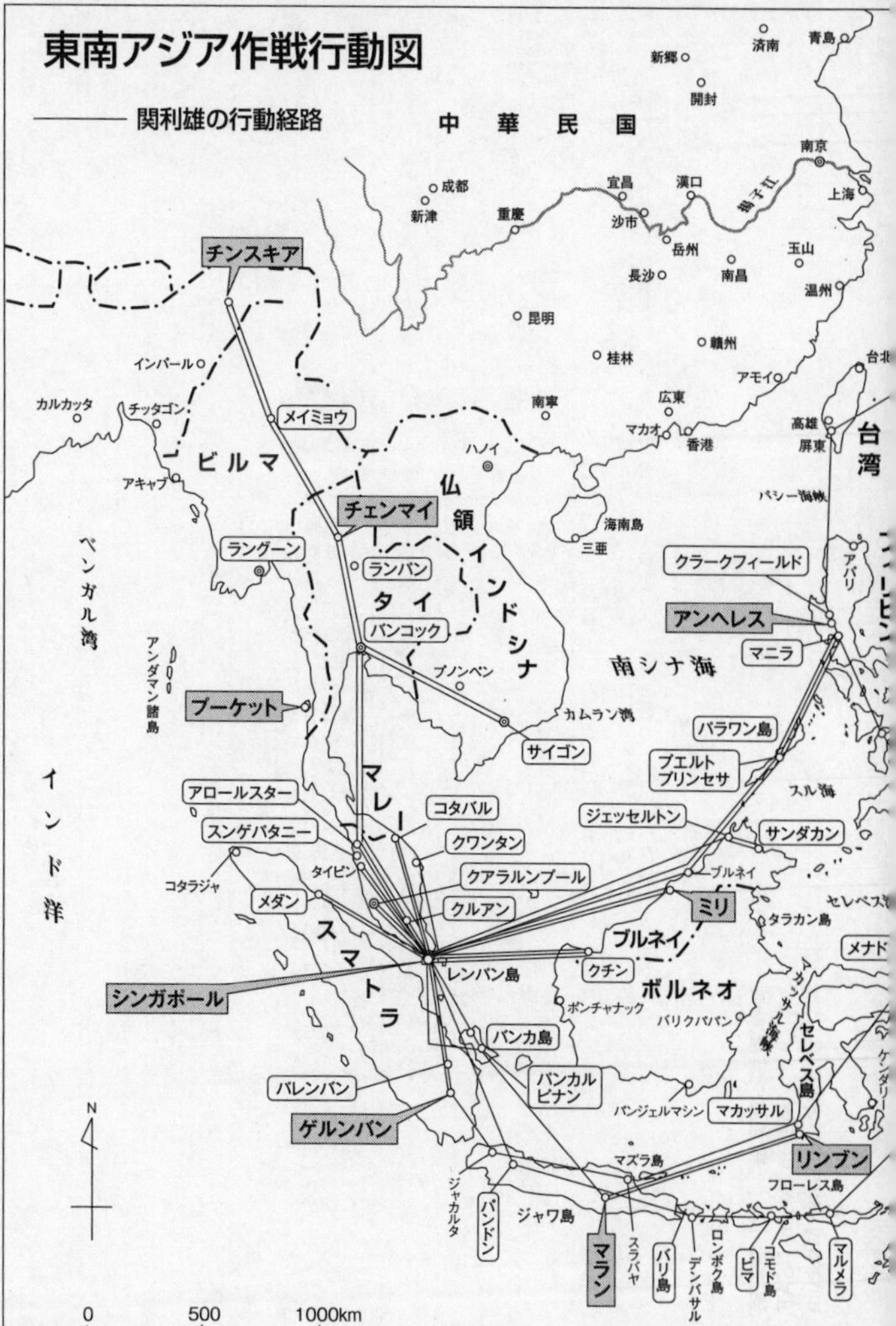
東南アジア作戦行動図
関利雄の行動経路
中華民国
済南
青島
新郷
開封
南京
上海
揚子江
成都
新津
重慶
宜昌
漢口
沙市
岳州
長沙
南昌
玉山
温州
昆明
贛州
桂林
アモイ
台北
南寧
広東
マカオ
香港
高雄
屏東
台湾
チンスキア
インパール
カルカッタ
チッタゴン
メイミョウ
ビルマ
アキャブ
ハノイ
仏領インドシナ
海南島
三亜
バシー海峡
チェンマイ
ラングーン
ランパン
タイ
クラークフィールド
アパリ
ベンガル湾
アンヘレス
バンコック
マニラ
アンダマン諸島
プノンペン
南シナ海
プーケット
カムラン湾
パラワン島
サイゴン
プエルト
プリンセサ
インド洋
マレー
アロールスター
コタバル
スル海
ジェッセルトン
サンダカン
スンゲパタニー
クワンタン
タイピン
ブルネイ
コタラジャ
クアラルンプール
メダン
クルアン
ミリ
タラカン島
セレベス海
スマトラ
ブルネイ
メナド
シンガポール
レンパン島
クチン
ボルネオ
ポンチャナック
バリクパパン
マカッサル海峡
セレベス島
ケンダリー
バンカ島
パレンバン
バンカル
ピナン
バンジェルマシン
マカッサル
ゲルンバン
リンブン
N
マズラ島
フローレス島
ジャカルタ
バンドン
ジャワ島
マラン
スラバヤ
バリ島
ロンボク島
デンパサル
ビマ
コモド島
マルメラ
0
500
1000km

写真提供：関利雄、「丸」編集部
William Swain, USAF
National Army Museum

B-29を撃墜した「隼《はやぶさ》」

関利雄軍曹の戦争

プロローグ

令和元年（二〇一九年）、私は九十六歳になる。

今から語るのは、日本がアメリカを始め、世界のたくさんの国と戦争をしていたときの話である。その当時、私は陸軍の戦闘機の操縦者だった。戦闘機の名は「隼《はやぶさ》」という。

今の若い方はこの戦闘機のことをご存じなのだろうか。海軍の「ゼロ戦」と並んで活躍した陸軍の優秀な戦闘機である。正式名称は「一式戦闘機」である。

「隼」は後で付けられた通称名である。我々は「隼」と言ったり、「一式戦」と略して呼んだりしていた。この本では「隼」と言う。「隼」は、太平洋戦争屈指の名機であり、私の青春を捧げた愛機でもあった。

昭和の初めから終戦までのあの時代、我々は皆、愛国少年だった。学業もそこそこに国や家族を守るために軍隊に率先して志願する者も多かった。その頃の私は幼かった。心も体も未熟だった。無垢な精神は、戦争一色の社会の風潮に疑うことも知らずに染まり、戦争はして当たり前だと思い、兵士として戦うことが正しいことだと信じていた。

そして、その当時のほとんどの少年たちがそうであったように、戦闘機に乗ることが私の憧れとなった。今の子供たちがプロのサッカー選手や野球選手に憧れるように、戦闘機に乗って敵機を次々と撃墜する姿こそが少年たちの憧れだったのである。

昭和十五年（一九四〇年）、私は志願した陸軍の航空学校に合格し、猛訓練に耐え、操縦者としての体力、気力を養った。訓練の日々は一瞬の気の緩みも許されない厳しいものであった。

そして私の夢は実現し、戦闘機「隼」の操縦者として南方各地を飛び回った。

私の空の戦いは二年半に及んだ。終戦までに敵機と三〇回以上戦闘を行なった。恐怖との葛藤の日々であった。私の同期は一三〇〇人いたが、そのうち約七〇〇人が戦死した。生き残ったことが不思議なほどの過酷な時代であった。その戦いのなかでB－29とB－24撃墜という戦果もあった。これから、私の記憶のなかにあるいくつかの場面を語る。

何かの参考になれば幸いである。

第一章　陸軍少年飛行兵志願

空への憧れ

私は大正十二年（一九二三年）十一月生まれである。兄弟は四人、兄二人、弟一人である。生まれも育ちも東京の駒込である。子供の頃はガキ大将だったかどうかはわからないが、とにかく元気のよい子供だった。勉強そっちのけで遊んでいた。もっとも塾などない時代である。子供たち全員がそうだったのかもしれない。当時の駒込には原っぱや空き地がたくさんあったから遊ぶ場所に事欠かなかった。近所の子供たちと走り回って遊ぶのが日課だった。

父は漬物屋を営んでいた。紫蘇の葉で味噌をくるんだ漬物が主力商品であった。結構な人気だったようで、近所のおばさん方がアルバイトで手伝いに来ていた。私と兄もよく手伝った。下町の小さな漬物屋だから裕福には程遠かったが、商売がうまくいっていたこともあって貧乏でもなかった。

尋常小学校を卒業すると昭和第一商業学校に進んだ。今の昭和第一高等学校である。商業学校は実業学校のひとつである。尋常小学校を卒業すると裕福で勉強ができる者は中学校に進学し、その後、高等学校（あるいは大学予科）に進んで大学を目指すが、私は父が亡くなるなどの家庭の事情もあり、中学校ではなく実業学校（五年制）に進んだ。学費が高い中学校に進学できる者はほんのわずかであった。クラスの者もほとんどが実業学校か高等小学校に進学した。実業学校は戦後、商業高校、工業高校、農業高校になった。

昭和第一商業学校に進学した私は、四年生になると陸軍の少年飛行兵に応募をして入隊した。学校の卒業よりも飛行機乗りを目指したのである。

お袋は反対した。当然であろう。母親であれば誰しも、子供には人並みに学校を卒業して欲しいと願うものである。お袋は涙を流しながら反対した。すると二番目の兄が、

「いずれどうせ兵隊に行くのだから、希望するところに行かせたほうがいい」

と説得してくれた。母も許してくれた。

私の少年飛行兵の希望動機は単純なものであった。

軍隊は海軍と陸軍に分かれる。この二つの組織が徴兵とは別に募集というかたちで優秀な人材を争奪していた。そのため海軍と陸軍は積極的に広報活動を行なっていた。今の消防と警察と自衛隊が各自で募集活動をしているのと同じである。

当時の日本は軍国主義一色である。街で放映される映画も戦争ものが多かった。私は日本

軍が活躍する映画を見て夢中になった。今でいえば日本代表がオリンピックでメダルをとる映像に興奮するのと同じ感覚であった。大学に行ったり社会人になったりすれば戦争に対する考えも様々になるであろうが、教えられたことをそのまま鵜呑みにする少年たちは、戦場で兵士として戦うことが憧れであり夢となっていた。そうした映画のなかで私の心を熱くたぎらせたのが航空部隊の映画であった。

　昭和十四年、私は一本の映画を見て衝撃を受けた。資料によるとその映画名は「燃ゆる大空」なのだが、私は「燃ゆる大空の決戦」と記憶している。

　主演は灰田勝彦である。昭和十五年は戦前の旧暦では「皇紀二六〇〇年」となる。この二六〇〇という数字がめでたいということで作られた記念映画である。

　この映画の撮影にあたっては陸軍航空部隊が全面協力した。今では考えられないことだが、多数の陸軍の軍用機が登場し、現役の操縦者が実機を駆って撮影に参加している。

　昭和十五年（皇紀二六〇〇年）を記念してつくられた映画であるため、公開された年は資料上では昭和十五年となっている。しかし、私の入隊が昭和十五年でその前年に見た記憶があるから昭和十四年に見ているはずである。もしかしたら昭和十五年採用の少年飛行兵を勧奨するために、一般公開前の昭和十四年に試写会というかたちで見せたのかもしれない。

　ちなみに、当時の日本陸海軍の飛行機は、採用された年の「皇紀」の下二桁を名前に付けるという決まりがあった。海軍の「ゼロ戦」は正式には「零式《れいしき》艦上戦闘機」という。「ゼロ戦」が正式採用された年が昭和十五年である。昭和十五年は皇紀二六〇〇年にあたるため、下二桁の「〇〇」から「零式」とされたのである。

海軍戦闘機の代名詞である「ゼロ戦」に対抗する陸軍戦闘機が「隼」である。「隼」は「ゼロ戦」から一年遅れて昭和十六年に正式採用された。昭和十六年は皇紀二六〇一年であるから、下二桁の「〇一」をとって「一式戦闘機」という名前になった。「隼」という名前は太平洋戦争（当時は「大東亜戦争」と言っていた）開戦後の昭和十七年に後追いで付けられた広報用の通称名である。そのため我々陸軍の内部にいる者は「一式戦闘機」を略して「一式戦」と呼ぶことが多かった。

「隼」は昭和十五年当時は開発中である。「燃ゆる大空」に登場する戦闘機はその当時の主力機である九七式戦闘機である。九七式戦闘機は昭和十二年（皇紀二五九七年）採用である。乗りやすく格闘戦にすこぶる強い、極めて優秀な戦闘機である。映画が公開された昭和十五年当時はこの「九七戦」が日中戦争で大活躍をしていた時期である。

この映画を見たときの興奮は今も鮮明に覚えている。カラカラと映写機のフィルムが回る音がすると、一条の光が広がりながらスクリーンを照らして映画が始まる。私は息をするのを忘れて見入った。映画の内容は、日中戦争（当時は「支那事変」と言っていた）における日本陸軍航空部隊の活躍を描いたものである。熊谷陸軍飛行学校を舞台として主役の教官が生徒を鍛えて卒業させ、教官自身も日中戦争の戦線に出動したところで、かつての教え子と再会して共に戦うというストーリーである。

私を魅了したのは戦闘機を自在に操る操縦者たちである。その衝撃は、

「戦闘機乗りになりたい」

陸軍一式戦闘機「隼」(キ-43)。写真は2翅プロペラのⅠ型

海軍零式艦上戦闘機11型。隼と同じエンジンを搭載した

という炎であぶられるような鮮烈な願いとなった。

当時は海軍の予科練（飛行予科練習生）の募集もあった。

（戦闘機に乗れるなら予科練もいいな）

とも思ったが、やはり映画の影響が強く、結局は陸軍の操縦者を目指した。先に陸軍飛行学校に行った別のクラスの友人から、

「関もこいよ」

と誘われたことも理由の

ひとつであった。私の学校に講演に来ていた陸軍の配属将校から色々な話を聞いていたことも多少の影響があったのかもしれない。とにもかくにも陸軍の広報活動にまんまと乗っかったかたちである。なお、私が陸軍航空学校を目指したとき、私の友人で海軍の予科練に行った者もいたし、陸軍の戦車学校に行った者もいた。

少年の直情は衝動的な行動となった。目指すはただひとつ。戦闘機の操縦者である。

東京陸軍航空学校入校

私は昭和十五年に行なわれた少年飛行兵の試験を受けた。

受験資格は尋常小学校卒業程度の学力である。資格年齢は十五歳から十七歳である。試験内容は、国語、数学、歴史、理科等であった。

昭和十五年、東京陸軍航空学校に無事合格した。期は十一期生であった。当時、少年飛行兵試験の倍率は約五〇倍という評判であったが、昭和十五年は大量採用の年だったからかなり下がったと思われる。それでも我々は難関を突破して入学したという意識が強く士気は高かった。そして飛行機乗りになるという夢を達成しようと燃えに燃えていた。

結局、昭和十五年は東京陸軍航空学校に前期と後期で一三〇〇人ずつ合格した。私は後期入校であった。採用総数は二六〇〇人である。昭和十五年が「皇紀二六〇〇年」であるから前期と後期をあわせて二六〇〇人を採用したというわけである。世は天皇中心の社会である。

何かにつけて「皇紀」にかこつけるのが軍の習わしであった。

昭和十五年十月十日、私は、少年飛行兵十一期生の後期一三〇〇人の一人として東京陸軍航空学校に入った。ちなみに昭和十六年以降、少年飛行兵の採用は年ごとに増え、昭和十七年から十八年になると年間に五〇〇〇人以上を採用したと聞いている。

東京陸軍航空学校（略称「とうこう」）に入校の日、私は十六歳だった。これで私も晴れて少年飛行兵である。

東京陸軍航空学校では一年間の基礎教育を受ける。この一年間は飛行機に触ることはない。軍人としての基礎教育を受けるための学校である。

学校の一日は目まぐるしい。移動はすべて駆け足である。休む時間もない。汚れものを洗濯する時間がないため、わずかな時間を見つけて水洗いをしたりした。

陸軍少年飛行兵11期生（後期）に採用された関利雄（左）と兄

ここで東京陸軍航空学校の歴

史について簡単に記しておく。

陸軍で初めて飛行機が飛んだのは明治四十年である。そして陸軍の航空部隊が初めて戦争に参加したのが第一次世界大戦の青島攻略戦（大正三年）である。

海軍もそうだが、陸軍における飛行機の開発は偵察のために始まった。上空から敵陣を偵察するために最初は気球の開発に力を傾注し、その後に飛行機に転換していったのである。

陸軍における少年飛行兵の養成は昭和九年から始まった。

海軍では優秀な操縦者を大量に養成するため、昭和四年から海軍飛行予科練習生（いわゆる「予科練」）の制度を始め、少年を募集して若い操縦者の養成に取り組んだ。

陸軍もこの制度に習い、優秀な航空員（操縦、整備、通信）を養成するために、操縦生七〇人と整備等の技術生約一〇〇人を陸軍飛行学校（所沢）に入校させた。これが陸軍少年飛行兵の第一期生である。当時は「少年航空兵」と呼ばれていた。昭和七年のことである。

その後、変遷を経て、東京陸軍航空学校が武蔵村山市（当時は東京府北多摩郡村山村）に開校したのが昭和十三年である。東京陸軍航空学校が開校したことにより、これまでは操縦生と技術生をわけて教育をしてきたが、昭和十三年以降はいったん東京陸軍航空学校に全員入れて一律の基礎教育を行ない、その後に適正に応じて各専門に振り分けることになった。

東京陸軍航空学校の教育目的は、航空兵として必要な体力、気力、精神力を養い、上級学校と呼ばれる飛行学校や航空技術学校に進むための基礎教育を施すことにある。軍人教育の基礎を叩き込むための学校であると言っていい。そのため飛行機には一切触らない。そして最後に行なわれる検査によって各兵科に振り分けられるのである。

午前中は座学である。午後は教練、武道（剣道、銃剣術、片手軍刀術）、体育、グライダーを使った滑空訓練等を行なった。柔道はあまりやらなかった。

航空学校卒業

卒業が近づいた。卒業後、操縦、技術（整備）、通信にわかれる。

我々（十一期生後期）一三〇〇人全員が操縦を希望した。当然である。全員、操縦者になりたくて少年飛行兵を希望したのである。しかし、全員を操縦者にするわけにはいかない。整備や通信を担当する航空兵も必要である。そのため最後の一ヵ月間、立川の技術研究所において適性検査が行なわれた。

検査は四日間行なわれた。椅子をぐるぐる回して瞳孔が止まるのに何秒かかるかとか、大きなフラフープのなかに大の字でつかまってコロコロ転がる運動をしたり、俊敏性や反射神経あるいは回転運動に対する耐性などの検査が行なわれた。この検査によって操縦、整備、通信に振り分けられる。運命をわける重大な検査であった。

検査の結果、私の期（後期十一期）では一三〇〇人のうち五〇〇人が操縦になり、四〇〇人が整備になった。通信は四〇〇人である。私は念願の操縦になった。嬉しかった。

東京陸軍航空学校の卒業者は、次の上級学校に進む。

操縦分科は、

熊谷陸軍飛行学校（埼玉県）重爆（爆撃）

宇都宮陸軍飛行学校（栃木県）偵察

太刀洗陸軍飛行学校（福岡県）戦闘

技術（整備）分科は、

陸軍航空整備学校（埼玉県）

通信分科は、

水戸陸軍飛行学校（茨城県）

それぞれの上級学校に入って専門の知識と技術を身に付けるのである。

他の分科が一ヵ所で教育を受けることに対し、操縦だけ三ヵ所に分かれたのは教育内容の違いによる。整備を習う技術分科や通信分科は講義式の授業が多いため、集団で学習することができる。それに対し操縦は実技を教員がマンツーマンで教えなければならない。しかも滑走路の広さ、飛行機の数に限りがある。そのため操縦だけ三ヵ所に分かれたのである。

技術（整備）分科と通信分科に進んだ生徒たちは、整備学校と飛行学校を卒業すると、

戦闘

爆撃（熊谷）

偵察（宇都宮）

重爆隊

の専門部隊に分かれて配属される。このとき整備に行った卒業生のほとんどが重爆隊を希望した。重爆撃機には必ず整備員が搭乗するからである。整備担当であっても空を飛びたかったのである。

この点、通信は可哀想だった。通信は地上勤務であるため、飛行機に搭乗する機会がないからである。機上通信の業務もあったがまれであった。

念願だった操縦者への道を断たれて整備と通信に進んだ同期たちは、皆、人知れず泣いた。私は操縦分科に行けることになった。しかし、だからといって戦闘機に乗れることができまったわけではない。陸軍の航空機は、その大きさや任務によって、

戦闘機（一人）

重爆撃機（七人から八人）

軽爆撃機（二人から四人）

襲撃機（二人）

偵察機（二人）

輸送機（四人）

※（　）は乗員数

などに分かれる。

戦闘機に乗るためには戦闘機の分科に進まなければならない。つまり太刀洗陸軍飛行学校に行かなければ戦闘機には乗れないのである。飛行学校卒業後の進路もまた大きな運命の分かれ道になるはずであった。

ところが、私が卒業した年は、どういうわけか全員、「操縦（戦闘）」として上級学校に進むことになった。私は担当教官から、熊谷陸軍飛行学校（埼玉県）入学を命じられた。熊谷陸軍飛行学校には一六〇人が行くことになった。そして一六〇人全員が戦闘機の操縦要員として訓練を受けたのである。

本来、熊谷陸軍飛行学校（埼玉県）は重爆（爆撃）を教える分科だったが、私が飛行学校に入校した年からは、専門の分科を指定せず、一律に戦闘機要員として操縦訓練を行ない、その後に各部隊に配属して専門の操縦訓練を行なうようにしたのである。

私が入校したのは太平洋戦争開戦直前である。来る大戦を見据え、戦死率が高い戦闘機操縦者を大量養成するためだったのであろう。飛行機の機種のなかで戦闘機の操縦がもっともむつかしい。言い換えれば戦闘機の操縦ができれば、複座や大型機の操縦は容易である。戦闘機操縦者を十分に養成しておき、余剰があれば他の機種に回そうという構想だったのではないか。

宇都宮陸軍飛行学校（栃木県）と太刀洗陸軍飛行学校（福岡県）に同数の者が行ったが、

いずれも戦闘機の操縦要員として入校した。

私は、昭和十六年九月三十日、晴れて東京陸軍航空学校を卒業し、十月二日に熊谷陸軍飛行学校に入校した。

第二章　熊谷飛行学校

飛行学校入校

昭和十六年十月、太平洋戦争開戦の二ヵ月前、熊谷陸軍飛行学校に入校した。我々はこの学校で初めて操縦の技術を学ぶ。実際に飛行機に乗って空を飛ぶのである。

空を飛べる歓びとともに、

（自分にできるのだろうか）

という不安が緊張とともに全身を包む。

熊谷陸軍飛行学校は、飛行機の操縦を担当する航空兵科の下士官を養成する教育機関である。

下士官は、職業軍人の最下層の地位である。

陸軍の階級（太平洋戦争当時）

兵		二等兵 一等兵 上等兵 兵長
下士官		伍長 軍曹 曹長
准士官		准尉
将校（士官）	尉官	少尉 中尉 大尉
	佐官	少佐 中佐 大佐
	将官	少将 中将 大将

陸軍の階級は、表に示したようにわかれる。このうち二等兵から兵長がいわゆる「兵隊」の階層である。

「兵隊」は正規の軍人ではない。法律により一時的に召集された人たちである。役所で言えば臨時職員のような地位にあたる。徴兵されて二等兵となって軍務に就き、年ごとに階級が上がって上等兵まで階級があがるが、一定の年数に達すると軍務を免除されて一般社会に戻る。

無論、当時は徴兵が国民の義務であり、軍人となって戦うことは当たり前のことだという意識でいたが、日中戦争（支那事変）までは期間が経れば故郷に帰れると思っており、満州などの極寒の地で軍務終了のときを指折り数えるのが通例であった。

陸軍という「役所」に公務員として正式に採用されるのは下士官からである。下士官は兵隊と将校の間に立って指揮を行なう。軍隊が強いか弱いかは下士官の強さで決まると言われる重要なポジションである。ただし、陸軍の航空部隊では操縦を担当するのは下士官からである。そのため上等兵や一等兵の操縦者はいない。下士官が兵隊の立場で戦うのである。

少年飛行兵は徴兵を経由せずにいきなり軍隊に正式採用する制度である。年齢は十五歳から十八歳を対象とした。下士官の進級は、おおむねであるが、

伍長　半年から一年
軍曹　二年から三年

曹長　二年から四年

となる。少年飛行兵は上等兵で採用され、飛行学校卒業後に兵長のまま部隊勤務し、半年から一年で伍長に進級した。軍曹になるには伍長になってから二年から三年かかる。曹長になるには軍曹として二年から四年が必要である。そして下士官が到達できる最高の階級が准尉である。三十歳代で准尉になれば出世頭と言われた。

グライダー訓練

さて、勇躍の気概で熊谷陸軍飛行学校の門をくぐった我々であったが、いきなり飛行機に乗れるわけではない。最初の一年は、午前が座学で午後は教練等の運動である。この一年は気象や工学などの専門教育をうけたほかは、基本的には東京陸軍航空学校と同じであった。二年目からようやく飛行訓練が入る。そして昭和十八年四月に卒業するまでの間に基本的な操縦技術を身に付けた。

東京陸軍航空学校ではグライダーの訓練があった。木製グライダーに乗って高いところから滑空する訓練である。これが実質的に初めての飛行体験になった。体が空中に浮かぶ感覚に大興奮したものである。しかし、このグライダー訓練はやらなかったほうがよかったように思う。舵の操作が荒くなるのである。

グライダーの場合、上昇するときには舵（操縦桿）をグイっと引き、着陸するときにはぐっと押して機体を下げる。速度が遅いため空気抵抗を大きくしないと機体が曲がらないのだ。

（なるほど飛行機の操縦とはこんなものか）

とこのとき思いこんでしまうのがよくない。いったん刷り込まれた感覚は容易に抜けない。よく言われる「悪い癖がつく」のである。

飛行機の操縦桿を摑むときは、

「鶏卵を握るが如し」

と言われるように、ほぼ触るか触らないかの感覚で操縦桿のグリップを包むように握る。

東京陸軍航空学校では初級滑空機を使って少年飛行兵のグライダー訓練が行なわれた

あとはわずかに前後左右に動かすだけで機体はグングン動くのである。急旋回や宙返りをするときはあるていど操縦桿を強く操作するが、それでもわずかな力である。

ところがグライダー経験者が飛行機の操縦席にすわると、グライダーを操縦したときの感覚で操縦桿を操作してしまう。飛行機は速度が三〇〇キロ以上でる。地上では巨大に見える飛行機も大空にあがれば風に舞う木の葉のような小さな存在である。ほんの少しの風の抵抗の変化によって機体がひらひらと舞うのである。そうした微妙な風圧とのやり取りのなかでグイッと舵を切れば機体が大きく反転したあげく墜落しかねない。自分では教えられたとおりに操縦しているつもりでも、ついグライダーのときの癖がでる。そのたびに同乗している助教にこっぴどく怒られた。

なんでもそうだが、一度ついた癖を直すのは大変な労力を要する。私もこのグライダー癖を治すのに苦労した。結局、グライダー訓練をした生徒は飛行機操縦の習得にてまどり、最大の目標であった単独飛行が遅れるという皮肉な結果になったのである。

以下は余談である。

熊谷陸軍飛行学校は埼玉県大里郡(現在の熊谷市西部)に本校が置かれ、その後、各地に分校(教場、教所)が置かれた。

熊谷陸軍飛行学校は戦後、アメリカ陸軍基地となり、昭和三十三年以後は航空自衛隊熊谷基地になって今は跡形もない。しかし、熊谷陸軍飛行学校の桶川分教場は現存し、現在も盛んに保存活動が行なわれている。桶川分教場は飛行学校の補助的な教育施設だった。十二期が主に入校したと記憶している。大学生あがりの特別操縦生も訓練を受けた。

昭和史を物語る貴重な遺産である。大切にしてほしいと願っている。

飛行訓練開始

熊谷陸軍飛行学校（本校）入校後二年目から、いわゆる「赤とんぼ」（九五式一型練習機）と九九式高等練習機で操縦訓練を行なった。

九五式練習機は、木製の骨組みに合板と羽布張りの二枚羽根（複葉機）で、胴体は鋼管の骨組みに羽布張りである。操縦性は抜群で技術習得にはもってこいの優秀な練習機であった。陸軍の操縦者は全員、九五式練習機で操縦の基本を修得した。九五式の機体は橙色（オレンジ色）に塗られている。衝突事故を防ぐために目立つ色にしたのである。海軍は九三式中間練習機を使用した。両機とも練習機としては名機である。陸軍、海軍とも両機を「赤とんぼ」と呼んで操縦者たちに愛された。空で舞う機影が色形から赤とんぼのように見えるのである。

熊谷陸軍飛行学校に入校すると真っ先に目に入るのが赤とんぼによる訓練風景である。我々は九五式練習機に乗ることを目標に最初の一年は座学や体育に励んだ。そして授業の合間をみては機体に触ったり、操縦のシミュレーションをしたりしたので、飛行訓練が始まって初めて乗ったときも案外すんなり操縦に入ることができた。ただし、私はグライダー操縦の個癖がついていたため、それを矯正するのにずいぶん苦労した。

操縦訓練は助教との同乗飛行から始まり、単独飛行が許された後は、水平飛行、宙返り、錐揉みなどの特殊飛行と編隊飛行を行なった。初めて操縦席に座ってから単独飛行するまで

指導を受ける少年飛行兵(右)。後ろの機体は「赤とんぼ」と呼ばれた複座の九五式1型練習機。350馬力エンジンを搭載、最大速度は240キロ/時

は一ヵ月くらいだったろうか。訓練生によって単独飛行までの期間に長短がでる。これはセンスのあるなしによるものだが、教える助教の技量によっても差がでる。

幸いにも私は宮台曹長という操縦がぴかいちの助教に当たった。宮台曹長は満州に長くいて、実戦経験が豊富な名パイロットであった。そのため同期でも早い方で単独飛行ができた。

宮台曹長はおだやかな人であった。失敗しても怒鳴ることはなかった。まず操縦の見本をみせてくれる。それを私が真似をする。当然、失敗をする。すると駄目なところをわかりやすく説明してくれる。そしてまた見本を見せてくれる。私は修正された点を注意しながらまた真似をする。その繰り返しであった。よい手本を自分で示すことができる優れた指

導者であった。

宮台曹長は少年飛行兵出身である。一般に少年飛行兵出身者は「少飛出身」と呼ばれたり、「少飛」と軍歴書に書かれたりする。

そのほかに「下士」と呼ばれる操縦者がいる。これは徴兵や志願で陸軍に入隊していったん歩兵部隊に入り、その後、志願して操縦者になった下士官である。「下士」の場合、一般的に二十歳で入隊し、何年かした後に飛行機の操縦訓練に入るため、実際に操縦者になるのは二十六、七歳になる。十六、七歳から専門の訓練を受けて来た少年飛行兵とはちがい、下士官養成は大人になってから操縦を始めるので技術習得がやはり遅れる。そのため「下士」出身の助教は技量が劣る人が多かった。技量が低いと教えかたもうまくない。下手な助教に教えられる訓練生はかわいそうだった。

私は殴られることはなかったが、他の者は訓練中によく殴られていた。練習機は複座式になっている。前に訓練生が乗り、後ろに助教が乗る。後に座る助教の手には長い棒が握られている。これを「航空精神打込み棒」と言っていた。操縦がまずいと後ろからこの棒で頭を殴られるのである。教えられたとおりにできないと、降りてからビンタやケツバットをくらうこともしばしばあった。私が一番キツかったのは早駆けである。整列して教官の前に立つ。お怒りであることは表情からしてわかる。

（これはくるな）

と予感がはしる。案の定、

「お前たちはたるんでる。桑の葉をとってこい」

と怒鳴られる。飛行場の端に桑畑がある。そこまで全力疾走してこいというのである。片道一キロくらいだったろうか。往復二キロのダッシュである。これがこたえた。遅いやつは、

「もう一回行ってこい」

となるので、みんな必死であった。

飛行学校卒業

卒業が近くなった。熊谷陸軍飛行学校では卒業成績は公表されなかった。ただし、単独飛行までの期間や特殊操縦技術の習得状況で自分に対する評価がどれくらいかはだいたいわかる。私はおそらく真ん中くらいだったのではないか。

卒業前に教官が同乗して卒業検定が行なわれた。助教は下士官であるが、教官は少尉（あるいは准尉）である。教官をうしろにのせて離陸し、上空の決められたコースを周回して地上に降りる。着陸後に教官が合否をだす。不合格だともう一回である。これを我々は「教官同乗」と言っていた。いつもはできていたことが検定となるとできないものである。着陸のときに緊張からぴょんぴょんとバウンドする者がたくさんでた。

そうなると教官から、

「やり直し」
という命令が出され、訓練終了後に助教からビンタされるという結果になる。

九九式高等練習機。九七式戦闘機に準じた性能の本機で関ら少飛11期生は飛行学校の卒業前に操縦訓練を行なった

熊谷陸軍飛行学校の操縦訓練は、先に述べた「九五式一型練習機」（通称「赤とんぼ」）で行なった。橙色に塗られた複座式複葉機である。操縦性がよく、急旋回、宙返りなどの特殊飛行もなんなくこなす名機である。後述する郷土訪問飛行もこの「赤とんぼ」で行なった。

ところが、九五式練習機による操縦訓練が終了し、卒業の一ヵ月前になると、どうしたわけか我々十一期だけ「九九式高等練習機」による訓練が行なわれた。九五式が複葉機であるのに対し、九九式は機体の低い位置に翼がある一枚羽（低翼単葉）の飛行機である。性能は当時の主力機であった九七式戦闘機とほとんど同じであった。やや馬力が小さいくらいの差しかない。九七式は一式戦闘機「隼」とほぼ同じ性能であるから、九九式で練習するということは、後に乗る「隼」の事前訓練を行なうことと同じであった。これは我々十一期生にとって大きな幸運であった。ひとつ前の十期とひとつ後の十二期は九九式で練習する機会はなかった。私たち十一期だけが実戦機に近い機体で練習できたのである。

郷土訪問飛行

昭和十七年九月二十日、この日は航空記念日である。日本全国で様々な催しが開催された。熊谷陸軍飛行学校では郷土訪問飛行が行なわれた。熊谷から練習機が編隊を組んで東京出身者の実家や学校の上空を飛行するのである。東京出身の私はその操縦者（帝都班）に選ばれた。戦後、そのときの体験を雑誌に寄稿した。ここではその文章をもとに記す。

◇航空一色

ときに昭和十七年九月二十日、太平洋戦争が始まって以来、初めて迎えた航空記念日だ。この日、航空記念日の行事として東京では当時の逓信省《ていしん》（のちの郵政省、その後に廃止）における航空功労者の表彰を始め、日比谷公会堂では航空殉職者の慰霊祭に続いて、航空感謝大会が開かれた。また大日本飛行協会の合祀祭も行なわれ、朝鮮、台湾を含む日本全土で献納機の命名式、各種飛行大会、模型航空機大会、体験飛行、航空展覧会、そのほか講演会などが各地で催され、まさに航空一色に塗りつぶされていた。なかでも最大の見どころは、各地で行なわれた陸軍少年飛行兵による郷土訪問飛行だった。郷土訪問飛行に参加する生徒は東京に生家を持つ者のなかから選抜された。私もその一員に入った。生家と母校を空から訪問できるのである。地上では父母兄弟はもとより親戚や在校生までもが我々を待ち構えている。空からの凱旋である。嬉しくないはずがない。

この日、熊谷陸軍飛行学校では、朝から式典準備であわただしく、来賓や一般の方の受け入れ準備などで活気づいていた。当時、飛行学校内に民間人が入るためには色々と制約があって困難が多かったが、夏休み中に実施した飛行場の草刈り奉仕と年に一回の航空記念日には、一般の人も自由に学校内に出入りすることができることになっていた。この日も多数の見学者が予想された。

午前十時、学校関係者の大部分と一部の民間人を含めた式典が開始された。稜威ヶ原飛行場の一部に設けられた祭壇には、飛行場開設以来の先輩殉職者の遺影が飾られている。読経する僧侶の声が静かに飛行場に流れた。

慰霊祭が終わると待機していた各種の飛行機によるアクロバット飛行が始まった。横転、背面、宙返りと、教官や助教による妙技が次から次へと繰り広げられてゆく。練習機の訓練を始めたばかりの我々「ヒナ鷲」は、手に汗をにぎって大空を見上げていた。

こうしてアクロバット飛行が終わると次は物糧の落下傘による投下作戦だ。飛行場の中央に広げられた標識布に向かって次々と物糧が投下されるのである。開いた落下傘が大空一面に広がって実に壮観だ。

◇郷土の空に想いを馳せて

次々に繰り広げられる大空の祭典も終わりに近づく。いよいよ待望の郷土訪問飛行である。出発時刻が迫ってきた。飛行服に身を包んだ我々七名は、待機している八機の飛行機の前に立ち、早くもこれから飛ぶ郷土の空に思いを馳せていた。

そして十時三十分、

「郷土訪問飛行帝都班集合」

の声でいっせいに駆け出して整列位置に整列した。すでに昨日、細かい注意を受けている。訓練も準備も万端である。出発の時刻が近づくにつれて緊張が高まってゆく。武者震いが止まらない。整列後、平岡登第三中隊長にむかって、

「集合終わり」

の報告をした。今朝の準備で機内には生家と母校に投下する手紙入りの通信筒と、

「君こそ次の荒鷲だ　来れ続け我らの大空　陸軍少年飛行兵一同」

と朱書されたビラを搭載済みである。通信筒は紅白のリボン付きである。

「ただいまから帝都班の郷土訪問飛行に出発する。離陸は一二〇〇（午後零時）、着陸は一

四〇〇（午後二時）とし、進路は飛行場上空より一四五度、東京上空に到着後は生家ならびに母校付近に限り単独行動を許す。順路は昨日指示したとおり。平素の注意を思い起こして訓練の有終の美を飾るようにせよ。なお、通信筒はしっかりと、親切に投下せよ。終わり」と最後の注意を与えられた。続いて「敬礼」の号令がかかる。我々「ヒナ鷲」たちが一斉に右手をあげて敬礼を行なう。

あたたかい中隊長の訓示を心にきざみ、すでに整備員の手によって今日のために念入りに整備された九五式一型練習機に駆け寄り、日頃から猛訓練を受けてきた教官と助教に搭乗報告を行なう。

「関上等兵、第三号機搭乗、課目、郷土訪問飛行」

「よし、しっかりやってこい」

の激励を受けて愛機に搭乗する。格納庫前には郷土が遠いため訪問飛行ができない先輩と同期生そして後輩たちが整列し、大声をあげて我々に声援を送っている。激励の声を聞きながら、我々はきびきびとした動作で操縦席に乗りこむ。

「しっかりやってきます」

口にこそ出さないが、先輩たちの声援に感謝の気持で応えながら操縦桿をグッと握り締める。

「始動」

と大声を張り上げ、燃料ポンプに燃料を送る。始動車によってプロペラが静かに回り始め、徐々に回転があがるエンジンにあわせて点火スイッチを入れる。エンジン始動の快い爆発音が起こった。

「うまくいった」

得意顔になってあたりを見回した。各機ともすでに始動している。計器類の完全作動を確認する。それが終わるころ、編隊長機の右手があがり、大きく左右に振られた。これにならって私も右手をあげて大きく左右に振った。整備兵が、車輪止めを取り外した。そして、滑走し始めた編隊長機に続いて一機、二機と静かに飛行場中央の離陸位置に進み、編隊隊形のまま地上において離陸準備を整えた。

我々は編隊長機の離陸合図を待った。やがて編隊長の右手が高々とあがり、前にふられた。私は滑走を始めた編隊長機に遅れてはならないと、レバーを全開にぐっと引いた。爆音を高らかに響かせながら、一面、草原の飛行場を愛機が速度をはやめながら滑走した。

速度が離陸速度まで上がった。

「よし」

と声をだして操縦桿をぐっと引いた。機体が軽がると離陸上昇を始めた。そして観音山を左下に見ながら徐々に高度をあげ、編隊長機に続いて大きく左旋回すると、高度五〇〇メートルで再び飛行場上空にもどった。地上は壮途を祝福してくれる大勢の戦友が手を振って見送ってくれている。私は編隊長機に続いて大きく翼を左右に振り、羅針盤の進路を一四五度に合わせた。

◇赤城を越えて一路東京へ

ガッチリ組んだ編隊は、一路東京に向けて快翔をつづけた。赤城の連山がはやくも後方遥かに霞んでいる。右手には険しい秩父の連峰が延々と続いている。幼いころに抱いた操縦者の夢がようやく叶えられたのだ。

昨日の朝までの台風の余波で気流は悪く、機が小刻みに上下左右に揺れている。秋空に浮かぶ雲も流れが速い。上翼の日の丸はあざやかに映えて、

よくぞ男に生まれける

との想いが湧いてくる。

男なりゃこそ五千尺空の
雲の上から地上を覗け
島の緑も懐かしい
そこにゃ故郷も母もある
（作詞・佐藤惣之助／作曲・竹岡信幸）

「機上の歌」を作詞した先人の気持もよくわかるような気がする。

それまで続いていた田園風景のなかに大きな街が見えだした。大宮市だ。市の中心部にある国鉄操車場の線路が織りなす模様が素晴らしい。地上から見たときの殺伐とした風景と同じ場所だとはとても思えない。

大宮を過ぎた。変わらず快音を発する編隊は刻一刻と東京に近づいていた。編隊長機は平岡中隊長が操縦し、後部座席には今日の郷土訪問飛行を待たず、七月二日、猛訓練の際に助教とともに殉職した神田区出身の酒井福三郎伍長（十期生）の遺影が、無言で搭乗して参加している。

晴れの帝都班郷土訪問飛行の参加者は上空の通過順に、

岡野幸三郎　十一期　荒川区尾久町
酒井福三郎（故人）十期　神田区北乗物町
石田有一　十二期　日本橋区江戸橋
加藤達雄　十二期　淀橋区柏木町
吉田　議　十二期　豊島区池袋
関　利雄　十一期　豊島区駒込
深沢政友　十一期　板橋区板橋

加藤　清　十一期　板橋区東大泉町

の八名である。

やがて前方に白く光る曲がりくねった荒川が見え始めた。いよいよ東京だ。空から見る初めての東京である。ごちゃごちゃした家なみの間に道路が見える。

荒川を渡り終わると編隊は左に旋回し、最初の訪問者である岡野君の生家がある尾久町にむかった。眼下にひろがる大東京の俯瞰図は雄大であった。それにしても、よくもこれだけの人家が集まったものだと驚嘆する。

そのとき突然、編隊の一機が翼を振り、急降下に入った。岡野君だ。眼下の母校である尾久小学校の校庭に描かれた、

「オカノ」

という人文字にむかって通信筒を投下した。人文字を作っていた生徒たちが投下された通信筒を拾おうとしたのか、急降下した後に人

昭和17年9月20日「航空の日」、少年飛行兵は九五式練習機での郷土訪問飛行を実施した。写真は同練習機の編隊飛行

文字が大きくゆれてくずれていった。

私は操縦桿を持ちかえてビラを一つまみ投下した。各機からも投げられた。ビラが雪のように白くキラキラと輝きながら降下してゆく。やがて編隊に追いついた岡野機を見て、編隊長は次の訪問地である神田、日本橋へと機首をむけた。

上野の森を右に見ながらさらに進めばまもなく神田である。急に大きなビルが多く見え始めた。そのなかに酒井君の実家があるはずだと目を凝らした。すると製箱業を営んでいる生家の屋根では、家族全員で旗やのぼりを振って我々を迎えてくれるのが見えた。そこで高度を下げる長機に続いて、編隊群はいっせいに超低空飛行に入りながら生家の周りを旋回した。盛んにのぼりを振っているのはお兄さんであろうか、

「故陸軍少年飛行兵伍長酒井福三郎の霊」

と書かれてあるのが見える。おそらく葬儀に使用したものを今日の晴れの日まで大事に保存していたのであろう。また弟さんであろうか、日の丸の小旗を盛んにふっていた。その紅白の色が眼に滲みた。酒井君は私より一期先輩の十期生である。飛行訓練中に田んぼに墜落して命を落としたと聞いていた。

「先輩よ、安らかに眠ってください」

と心に念じながら別れを告げて高度を取り始める。もう日本橋だ。江戸橋にある石田君の母校の城東小学校がすぐに見つかった。城東小学校の屋上では、

「石田バンザイ」

と形づくられた人文字が見えた。そこで我々はゆるく旋回しながらビラを投下した。街を見下ろすと橋の上でも道路の上でも通行人が我々を見上げて手を振っていた。

ここで編隊は大きく右に旋回した。今まで気づかなったが、前方の遙かな雲上に霊峰富士がくっきりと浮かんでいる。富士山も今日の壮途を歓迎してくれているのだろう。

それから機は皇居を左手に見ながら富士にむかって進んでいった。

牛込、四谷を過ぎた。加藤君を待つ新宿柏木町へ到着した。見える林の一隅に時期はずれの鯉のぼりが立っている。そこがおそらく彼の家だろう。近づくとやはり彼の家族が庭に出て旗を振っている。その旗にむかって加藤君が二度、三度と急降下をしていった。

◇涙でかすむ母をめがけて

加藤君のあとに編隊は次の予定地である池袋に機首をむけた。池袋から我が家はいくらの距離もない。そのため見下ろす街の風景にも、ところどころ知っている街なみが見え始めた。池袋には吉田君の生家がある。雑司ヶ谷の墓地を過ぎてまもなく、樫の木の一番高いところにはためく日章旗が見えた。あれが吉田君の生家だ。その近くには彼の母校である池袋第二小学校があり、数百人ほどの生徒が日の丸の小旗を振っているのが見えた。校庭の生徒たちにむかって吉田機が急降下した。そのまわりを我々はゆっくりと翼を振りながら旋回した。

さあ、このあとはいよいよ自分の番だ。今日のこの日をどれほど待っただろうか。母もおそらく昨夜は眠れなかったのではないだろうか。私の興奮も抑えがたかった。昭和十一年に父に死なれてから七年間、女手ひとつでここまで私を育ててくれた母に、今日、空から会えるのだ。

早くも眼下の街なみも懐かしい姿を次々と見せてくれる。なおも編隊群は国電の線路に平行して北上を続けた。巣鴨駅が右手に見えた。その先の線路づたいに目をやると通学のため毎日通った駒込駅がはっきり見えた。そして、見えた。夢にまで見た生家だ。日の丸の旗もくっきりと裏庭に見える。そこで大きく翼を左右に振り編隊を離脱する。左に急旋回を一回、二回、三回と繰り返した。隣近所の人びとにかこまれた母の姿が見えた。思わず、

「おーい」

と届かない大声をあげた。そしてさらに、

「私はただいま大空から帰ってまいりました」

と叫んだ。ほろりと涙が出た。涙で霞む目にやがて見えた。我が母校だ。子供のころ、毎朝通った母校は家から遠く感じていたが、空から見るとすぐ近くである。

別々に急降下するにはあまりにも近すぎる。それでも思いきり大きく翼を振って機首をグッと下げた。まずは母校の訪問からだ。みるみる近づく校庭、その校庭には母校の仰高東小学校の生徒数百人が、この日の行事を歓迎して、

「ギョウコウ」

という人文字をつくってくれていた。人文字になってくれた生徒たちが、小さな手に日の丸の小旗を持ってしきりに振ってくれる。私は用意していた通信筒をぎゅっと握った。そして何回目かの急降下のときに操縦席から投下した。通信筒の紅白のリボンが舞いながら一直線に落ちていった。通信筒のなかには私が書いた手紙が入れてある。内容は「私は御国のために一生懸命に戦う。みんなも御国のためにがんばってください」といった内容であった。どうか無事に届いて欲しいと願いながら操縦桿を引いた。ゆるやかに機体を引き上げながら校庭を見る。人文字がわあっと崩れた。どうやら通信筒がうまく校庭に落ちたようだ。

さあ、今度はいよいよ我が家だ。眼を転ずると裏庭にある無花果の木に日の丸があがっていた。私は我が家を目がけて一気に急降下した。

「あっ」

母と兄の姿が見えた。近所の人たちの顔もあった。下からはきっと歓声をあげてくれているにちがいない。しかしこの轟音では聞こえるはずもない。

通信筒をおもいきって投げた。ところがどうしたことか、尾翼に通信筒のリボンがからみついて落ちていかない。あわてて大きく翼を振り、やっとの思いで振り落とした。この不手際でせっかくの通信筒が我が家から遠いところに落ちてしまった。

後のことが心に残ったが、集合の合図があったため、しかたなく左右に翼を振って、

「さようなら」

と別れのあいさつを送った。母校の姿が瞬く間に遠ざかる。小さな我が家はもう見えない。

「さようなら」

ともう一度心のなかでつぶやいて編隊にもどった。

操縦桿を握った右手が汗でしめっていた。夢中で操縦していたのだ。この日の感激は生涯忘れることはないだろう。

次は深沢君の番である。板橋に生家がある。彼も同じ思いで生家を報恩しているのだろう。深沢君が急降下するたびに操縦桿を握る私の右手にも力が入った。そして残り少なくなったビラを投げながら深沢君の生家の上空を旋回した。

最後の訪問地は練馬にある加藤君の家だ。加藤家では男兄弟五人を戦地に送っている。畑の真ん中に鯉のぼりが立っている。あれが彼の生家だろう。その鯉のぼりにむかって突然、一機が突っ込んでいった。加藤君である。加藤機は嬉しそうに急降下と急旋回を繰り返した。

こうして殉職者一名を含む八名の生家と母校を訪問した編隊は、ふたたび隊形を整えて帰路についた。

あいかわらず気流は悪いが雲量は朝より少なくなって視界は良かった。霊峰富士を前方左に望み、北西に進路をとると、直下に流れる荒川は銀色のヘビのようにくねくねと白く長くのびている。オレンジ色に輝く翼にやわらかい初秋の陽がふりそそぎ、紅潮した戦友の顔を浮きあがらせる。

予定より一五分ほど遅れて全機は無事に帰還した。着陸後、平岡中隊長の訓示があり、そのあと教官及び助教に報告した。

「関上等兵、郷土訪問飛行終わり。異常なし」

「ご苦労、家族に会えたか」

との教官のあたたかい言葉に、

「はい、会えました。ありがとうございました」

と興奮がさめないまま元気一杯に答えた。

このあと飛行場で報道関係者を交えた座談会を開いた。それぞれ体験した感激の場面を思い起こしながら、話はいつまでも尽きなかった。

けっちん組

熊谷飛行学校を卒業すると各部隊に配属となる。本当はここで、

重爆（爆撃機）

偵察（偵察機）

戦闘（戦闘機）

の部隊にわかれるのだが、私のときはほとんどの者が戦闘機部隊に配属となった。

私は飛行第七十七戦隊の配属になった。第七十七戦隊は戦闘機の部隊である。

私が熊谷飛行学校を卒業するときには偵察の戦隊はなかったように思う。連合軍の進攻に対する連日の邀撃戦で操縦者と飛行機の消耗が激しく、偵察をしている状況ではないということだったのだと思う。重爆の戦隊（爆撃隊）はあったが、爆撃機の訓練課程はもうなかった。

爆撃隊も消耗し、大型機をこれまでのように大量生産する国力がなくなってきたため、新たに爆撃機の操縦者を養成しても乗せる機がないというのが理由だと思われる。そのため熊谷陸軍飛行学校の卒業生のほとんどが戦闘機部隊に入ったのである。ただし訓練の課程で操縦の適性がないと判断された者が一部でた。性格の不向きや技量未熟により戦闘機には乗せられないと判断された者たちである。

この連中は熊谷飛行学校を卒業後に重爆（爆撃隊）に配属された。爆撃機に乗って射撃を担当するのである。一六〇人の卒業生のうち、約二〇人が重爆に回った。操縦者からはずされて大型機の射手に回された二〇人は、卒業後、水戸の爆撃隊に配属される。そのことが発表されたのが卒業の一ヵ月前である。この二〇人は衝撃を受けた。そして、

「操縦から最後にけっちんくらって水戸に行くことになった」

と言ってへそを曲げた。せっかくここまでがんばってきたのに、もう少しというところで操縦者になれなかったのである。

やけになった二〇人は学校内でめちゃくちゃに荒れた。人の銃の油を抜いて嫌がらせをしたり、門限を破って遊んだり、備品を盗んだり、同期生と喧嘩したり、酒を飲んで暴れたりと大騒ぎであった。操縦に行く我々は、彼らを諫めることもできず、遠まきにみていた。そのときのことを思い出すと今も複雑な感情が胸に湧く。

「戦闘機の操縦者になりたい」

その願いは皆、同じなのである。同じ想いを抱く仲間が二つに分かれて操縦者の道を絶たれたとき、張り詰めていた糸が切れるのは当然であるし、十代の未成熟な若者の気持が荒むのも自然なことなのである。操縦に選ばれた我々は、荒れる同期たちの気持が落ち着くよう、祈るしかなかった。

第三章　飛行第七十七戦隊

満州の飛行戦隊に配属

昭和十八年三月二十八日、熊谷陸軍飛行学校を卒業した。

飛行学校を卒業すると、熊谷本校や全国の飛行学校でより高度な訓練を受けたり、あるいは台湾や朝鮮などの外地の部隊で実戦機による訓練を行ない、その後に部隊に配属される。私の配属先は満州の嫩江《ノンジャン》に展開する飛行第七十七戦隊である。

今の人は、満州と聞くと未開の地のような印象を持つと思う。しかしそうではない。満州は今の中国の東北部に広がる近代都市である。北にはハルピンがある。その南に長春、奉天（現・瀋陽）、大連といった大都市がある。各都市は鉄道で繋がれ、人と物資が盛んに往来し、活気に満ちていた。東京から奉天まで特急を利用（途中、船利用）すれば三日で行くことができた。この鉄道は雄大で朝鮮半島からヨーロッパまで通じていた。

満州の大都市は外国企業が進出して発展し、その生活様式は洋風化が進んでいた。家のトイレは水洗で、ガスが引かれ、スチーム暖房で防寒されていたし、街の商店にはヨーロッパやオーストラリアからの輸入品であふれ、衣類、靴、雑貨、家具、電化製品などが商店で売られていた。食料事情も日本とはくらべものにならず、パン、卵、牛肉、洋菓子のほかにハムやソーセージなどの加工食品も庶民の日常の食卓にあがっていた。

ただし第七十七戦隊が駐屯していた嫩江は中国北部の穀倉地帯であり、いわゆる田舎である。滑走路と兵舎等の建物があるだけで周囲は原野であった。

四月五日、私はハルピンの集合教育隊に参加するため列車で下関駅に到着し、関釜《かんぷ》連絡船で釜山《ぷさん》に渡り、大陸横断鉄道に乗った。そのときの人数は、満州の各戦隊に配属になる十一期生三四人である。そのうち第七十七戦隊に配属になる同期生は六人であった。

「いよいよ部隊配属だ」

がんばるぞ、と心が逸った。

ところが、私が第七十七戦隊に配属になったとき、ちょうど関東軍特種演習（「かんとくえん」という）の時期であった。関特演は、満州に駐屯する陸軍の部隊が集まり、対ソ連戦を想定して行なう大演習である。この演習に航空部隊も各戦隊から操縦者を集めて参加していた。

そのうえ、第七十七戦隊は九七式戦闘機から一式戦闘機「隼」に機種改編の真っ最中であり、とても新人教育などできない状況だという。これは当時、満州に駐屯していた他の戦隊も同じ事情であった。

そのため、本来であれば第七十七戦隊で訓練を受けるところ、満州方面の部隊（第四十八戦隊、第二〇四戦隊、第七十七戦隊）に配属になった卒業生は、ハルピンの馬家構《マチャコウ》飛行場に集められて集合教育を行なうことになった。

四月十一日、ハルピンの馬家構飛行場に、

飛行第四十八戦隊

飛行第七十七戦隊

飛行第二〇四戦隊

の少飛第十一期生三四人が集まった。各部隊から教官と助教もハルピンに到着した。さっそく戦闘訓練が開始された。

九七戦での訓練

この実戦機訓練は半年間行なわれた。使用機は九七戦である。

単機戦闘

射撃

航法

の訓練をみっちり行なった。九七戦は操縦しやすい良い飛行機だった。我々はすぐ慣れた。

通常、熊谷の飛行学校では二枚羽の九五式一型練習機だけで訓練を行なうのだが、先述したとおり、どういうわけか我々の期だけ九九式高等練習機で一ヵ月半練習させてくれた。九九式高練は低翼単葉である。九七戦と基本構造が同じであった。その経験があるため我々は九七戦にすぐに慣れることができた。

訓練のメインは単機戦闘である。この訓練で助教から入念にしごかれた。

単機戦闘（あるいは「格闘訓練」）は助教と一対一で格闘戦を行なう訓練である。まず訓練生が助教より高い高度をとる。そこから下にいる助教機にむかって攻撃を開始する。助教はだいたい三〇〇〇メートルくらいに位置をとる。訓練生はそれより五〇〇から一〇〇〇メートルほど上にあがってから訓練開始である。

助教機めがけて急降下すると助教は私の攻撃をくるりとかわし、急旋回をして後方をとる。私はそうはさせじと助教機を追う。

九七式戦闘機。一式戦闘機「隼」が登場するまでの陸軍の主力戦闘機。関兵長は１対１の格闘戦を本機で入念に訓練した

この場合、後ろをとりあうのではない。後方の上(「後上方」という)をとりあうのである。

「よし」

と気合をいれて突っ込み、にげる助教機の尾翼を追ってくるくる回っているあいだに、いつの間にか上をとられる。後上方をとられた段階で訓練終了である。

一回の訓練時間は一五分くらいだろうか。地上におりるとひざがガクガクするほど強烈な疲労感に襲われる。この訓練を連日行なった。操縦者としての技量をあげたのはこの訓練のおかげであった。我々の操縦技術はメキメキあがった。最後まで助教に勝つことはできなかったが、訓練も終盤になると、助教が上で自分が下にいても同等に戦うだけの技術が身に付いた。

射撃訓練は、先行する飛行機の後部に吹き流しを付け、この吹き流しに色を付けた弾で射撃を行なう訓練である。ひとつの吹き流しに数機の訓練機が順番に射撃をする。訓練機ごとに色がちがう弾を使う。地上に降りて吹き流しを皆で確認し、

「青二発的中、黄色一発的中、赤なし」

などと助教が発表する。当たると嬉しくて得意になった分、全弾外すとがっくりであった。

九七戦は足がひっこまない低翼単葉の戦闘機である。低翼単葉機はエンジンの馬力が強く速度が速い。そのため二枚羽の練習機(いわゆる「赤とんぼ」)しか乗ったことのない者は最

初とまどうのだが、我々は九九式高練で練習した経験があるため慣れており、「まあ、なんとかやれるだろう」

と、ある程度の自信をもって九七戦に乗ったのだが、実際に乗ってみると、高練よりも操縦が楽で乗りやすいことに驚いた。地上滑走訓練を一日やっただけであとは全員が一人で飛んだ。

上空にあがってしまえば自由の世界である。自分の意思と技術しだいで思いのままになる。しかも乗るのは世界の名機九七戦である。少年時代に映画で見た、あこがれの戦闘機に乗っているのである。毎日が面白くて仕方なかった。

九七式戦闘機は一式戦闘機「隼」のひとつ前の飛行機であり、陸軍で初の低翼単葉戦闘機である。昭和十二年（皇紀二五九七年）に採用され、太平洋戦争初頭まで陸軍の主力戦闘機として活躍した。「隼」の名声に隠れてあまり知られていないが、陸軍が開発したなかで最高の傑作機は九七戦であろう。

九七戦の格闘性能は当時の世界基準から群を抜いていた。旋回性能に優れ、単機で戦うのが一般的であった昭和十五年当時の空中戦で無類の強さを発揮した。日本陸軍航空隊の名を世界に轟かせた日中戦争やノモンハン事件の主力機が九七戦である。

一般的な認識だと、太平洋戦争中の陸軍戦闘機は最初から「隼」だったかのような印象があるが、そうではない。太平洋戦争開戦時の陸軍戦闘機はほとんどが九七戦だった。したがって、開戦直後に行なわれたマレー作戦などの南方作戦の主力機も九七戦である。

加藤隼戦闘隊の虚像

「隼」の配備が本格化するのは昭和十七年中旬頃からである。「隼」が最初に配備された戦隊のひとつが加藤建夫中佐率いる第六十四戦隊であった。軍歌・映画で有名な加藤「隼」戦闘隊である。

この加藤戦隊の名声に関して、少しだけ言っておきたいことがある。

太平洋戦争開戦後、日本がイギリスの支配下にあったビルマ（現・ミャンマー）を攻略したのは昭和十七年初めである。そのときビルマに進出した航空部隊が、

飛行第六十四戦隊
飛行第五十戦隊
飛行第二〇四戦隊
飛行第七十七戦隊

である。

この四個戦隊がビルマに進出したとき、加藤戦隊だけは新型の一式戦闘機「隼」が配備されていた。他の戦隊は九七戦であった。

陸軍飛行第64戦隊の一式戦闘機「隼」。優先的に新鋭戦闘機が配備された同戦隊は「加藤隼戦闘隊」として注目を集めた

昭和十七年の前半までは、南方作戦のことごとくがうまくいっていた時期である。日本は戦勝気分に浮かれて大騒ぎをしていた。そうしたなか、最新鋭機である「隼」で編成された加藤戦隊は新聞の恰好の記事となり、陸軍航空部隊の喧伝材料となった。その結果、第六十四戦隊にマスコミの注目が全部あつまったのである。

その注目度はすさまじく、加藤戦隊の活躍を描く映画や軍歌まで作られた。加藤戦隊長はスター扱いされ、加藤戦隊の知名度は「隼」の名とともに瞬く間に広がっていった。そして加藤戦隊が陸軍戦闘機「隼」の代名詞となって今に至っている。

ビルマに布陣した他の三戦隊だけでなく、南方各地に行った戦闘機部隊もすべて九七戦を使った。そしていったん日本に帰ってから機種改編をして「隼」になった。機種改編のために日本に戻った操縦者たちは、新聞に加藤戦隊だけがばかでかくのっているのを見てびっくりした。

「なぜ、ひとつの戦隊だけにこれほどの注目が集まるのか」

という不満がまじった驚きである。それはビルマに共に展開した他の三戦隊の操縦者たちがより強く持った不満でもあった。しかもビルマでは、他の戦隊のほうが活躍しているのである。

当時有名だったのは、第五十戦隊の、

穴吹智曹長

下川幸雄軍曹

佐々木勇軍曹

である。いずれも少年飛行兵第六期である。少飛六期の三羽烏と言われていた。新米だった私にとってあこがれの先輩であった。第二〇四戦隊にも第七十七戦隊にもこうしたエース級の操縦者がいて戦隊を牽引していた。しかし不思議と加藤戦隊からは有名な操縦者の名前は聞こえてこなかった。そして加藤戦隊長個人の名前だけが取り上げられていた。

「おかしいじゃないか」

と当時の先輩たちは話していた。戦隊の間にはライバル心がある。操縦者のライバル心は戦果の競争を産む。そのため同地区に展開している他の戦隊の戦闘結果に敏感であった。

ビルマでは、

「五十がまたやったらしい」

とか、

「今回の敵機殲滅は二〇四だそうだ」

などといった情報が入るたびに話題となっていたが、不思議と第六十四戦隊の戦果話は聞かなかった。

私は第六十四戦隊の批判をしているのではない。第六十四戦隊だけが歴史に記憶されている現状に不満をもち、認識する側に注意を促しているのである。ビルマ戦線において第六十四戦隊が活躍したことはまぎれもない。しかしひとつの戦隊、ひとりの戦隊長だけがクローズアップされ、それが歴史認識として定着（あるいは固着）してしまうことを危惧しているのである。

そして、そのことに不満をもちながら亡くなってしまった先輩方の代弁者として、今そのことを語っているのである。

加藤戦隊長は操縦がうまかった。陸軍航空の草分け的存在でもある。優秀な操縦者であり名指揮官であったことに異論はない。しかし、ひとつの戦隊のひとりの指揮官だけが注目され、もてはやされるのはいかがなものであろうか。加藤戦隊長もそうした現状を望んでいなかったにちがいない。

飛行第64戦隊長・加藤建夫中佐。陸軍を代表するエースであり名指揮官であった。享年38

マスコミや世間に注目されているがために、加藤戦隊長は戦隊長の役職を離れることができなかった。そして自らに課せられた重責を感じていたがために、四十歳近くなっても出撃を繰り返した。

加藤戦隊長が戦死した昭和十七年五月二十二日、加藤戦隊長は病気で高熱がでていたそうだ。それでも南ビルマ上空（ビルマ南岸のアキャブ方面）に飛来した敵機を邀撃するために「隼」で飛んだ。

加藤戦隊長が戦っていたのはイギリス軍の敵機ではなく、自分に対する過剰な期待だったのではないか。そして加藤戦隊長を死に追いやったのは、マスコミや世間が勝手に作り上げた自分の虚像だったのではなかろうか。

憧れの「隼」に

ハルピンの訓練を昭和十八年十月六日に終了し、我々同期生六人は、軍装などの身の回り品を入れたバッグをもって北満州の嫩江に向かった。嫩江は飛行第七十七戦隊が駐屯している場所である。いよいよ実戦部隊で「隼」に乗るのである。希望、不安、期待、畏れを心に抱きながらの赴任であった。

私が初めて「隼」を見たのは昭和十六年である。当時、開発中の「隼」が立川飛行場から熊谷まで試験飛行を行なっていた。それを私は熊谷陸軍飛行学校で見た。試験飛行では機体を秘匿するため高度を高くとる。そのため小さくしか見えなかったが、キラリと輝きながら飛ぶその姿は見る人を魅了するに十分であった。我々は新型の戦闘機が作られていることを知っていたから、

「ああ、あれがそうか。かっこいいなあ」

と、皆でため息をもらして見入った。

私が第七十七戦隊に配属されたとき、主力機は「隼」になっていた。九七戦は一機もなかった。

次の日から「隼」による戦闘訓練を一〇日間行なった。そのうち地上滑走を六日間行なった。

地上滑走とは、飛行場の一定のコースをひたすらぐるぐる回る訓練である。この地上滑走で操縦の感覚をつかむのである。

そして残りの四日間で単独飛行を行なった。これは離着陸訓練である。嫩江で行なった飛行訓練はこの離着陸訓練だけであった。

短期間であったが「隼」の操縦にはすぐに慣れた。「隼」に乗ったのはもちろん初めてだったが、ほぼ九七戦と変わらない操縦性能であった。感覚的にちがうところもあったが、単独飛行に移ってグルっと上空を回ればすぐに操縦に慣れることができた。癖のない飛行機であった。

十月九日、私が第七十七戦隊に配属されてすぐ、第七十七戦隊はシンガポールの第三航空軍に編入され、

「パレンバン油田地帯の防空のため、スマトラ島のゲルンバン飛行場に展開せよ」

との命令があった。いよいよ南方進出である。戦隊は準備で騒然となった。

ところが十月十五日、今度は、

「本土防空の部隊が南方に転進となった。その穴うめのため一時的に九州の雁ノ巣飛行場（福岡）に転進して防空任務にあたれ」

という命令が下った。我々はすぐに嫩江から雁ノ巣飛行場に移動した。この命令は、十月六、七日の両日、アメリカの機動部隊（空母を主力とする海上部隊。C・W・ニミッツ指揮）がウエーク島を攻撃したことをうけ、大本営が命令を変更し、南方進出準備中の第七十七戦隊

に北九州の防空を命じたのである。

第七十七戦隊はこの命令を受けて雁ノ巣飛行場に転進し、連日、敵機動部隊に対する訓練を行なった。まさか陸軍が空母を相手に戦闘を行なうとは思いもよらなかった。それでも我々は、

「陸軍航空部隊の力を見せつけてやる」

という気概に満ち、敵の来襲を今か今かと待った。

しかし、敵の攻撃はなかった。アメリカの機動部隊もどこかに去った。

十月下旬、本土防衛の任務が解除となった。再び第七十七戦隊はスマトラ島のゲルンバン飛行場を目指すことになった。その前に、

「立川飛行場（東京）において防弾鋼板の取りつけを行なう」

との命令により、交代で東京にむけて出発した。

「隼」は軽量化が徹底されており極めて軽い。低翼単葉では恐らく世界の戦闘機の中でも最軽量ではないか。そのためどこの国のどの戦闘機よりも遠くまで飛ぶことができた。しかも軽いがために旋回性能に優れ、一対一の格闘戦に強く、機体の形状が機能性を極めているためにに操縦がしやすかった。陸軍の操縦者たちが、その後に開発された新機種に拒絶反応を示し、「隼」の操縦性能に固執した理由を辿ると、「隼」の機体の軽さに行き着く。

しかし、軽いがために防御が弱い。そのため敵弾が機体を貫通し、操縦者に当たって命を

落とす者が多かった。その対策として防弾強化が計画されたのである。操縦席の背面に鋼板を付けて背後からの被弾を防ごうというものである。

敵の機動部隊が迫っているという情報もあるため北九州を留守にできない。南方進出の準備もしなければならない。その他に哨戒や船団護衛などの任務もちょこちょこ入る。そうした状況であったため、手の空いた者から順次、単機で立川に行って防弾鋼板の装着をすることになっていた。

単機飛行にはすでに慣れていた。しかも飛ぶ経路は日本本土である。満州は目標がないため現在地を確認するのがむつかしい。その点、日本は地形が複雑でしかも富士山を初めとして目印がいくらでもある。右の太ももにゴムバンドで止めた地図（A4の半分の大きさに畳んだ航空地図）を見ながら飛べば迷うことはない。この迷わないということほど操縦者にとって嬉しい好条件はなかった。

昭和十八年十月二十五日、戦局の悪化など知らない私は、上機嫌で雁ノ巣を出発し、一路、立川に向かった。

その途中、四国上空で私の機体から潤滑油が吹き出した。ホースに亀裂が入ったのか、風防に油がふきつけて視界を遮った。

「これはいかん」

どこかに降りなければと地図を見る。そのとき徳島の上空であった。徳島の飛行場は海軍

の基地である。海軍と陸軍は同じ日本軍でありながら仲が悪い。そのため我々は、

「なにかあっても海軍の飛行場には降りるな」

と言われていた。海軍の基地に不時着すればあとで大目玉をくらうだろう。私は進路を大きく変えて兵庫県の加古川飛行場に向かった。加古川飛行場は陸軍が管轄している。訓練用に造られた河川の滑走路である。

無事に加古川飛行場に着いた。そこで油を拭き、整備兵に頼んで修理を受けていたとき、ハルピン時代の同期生の杉、和田、杉本、西村たちと会った。

飛行場での操縦者同士の偶然の出会いはよくある。こうした邂逅は懐かしくもあり、哀しくもある。それきり以後の消息が知れない場合がほとんどだからである。この四人ともその後、再び出逢うことはなかった。

修理が終わると私はすぐに立川まで飛び、防弾鋼板を取り付けて雁ノ巣に戻った。

第七十七戦隊の全機に防弾鋼板が取り付けられた。準備も整った。そして、

「南方への出発は十一月三日とする」

という命令が出た。しかしその前日、第一中隊の青柳弘軍曹（少飛六期）が着陸に失敗して飛行機が破損する事故があった。幸いに青柳軍曹は無事だったが、事故処理のため出発が一日遅れた。

南方へ進出

昭和十八年十一月四日は快晴であった。飛行場で最終の出発準備を終えた。西部地区軍司令官の計らいで南方進出の門出を祝って壮行の宴（食事会）を開いてくれた。その後、松元邦男隊長の訓示があり、三個中隊（四二機）の「隼」が出発した。

目指すはスマトラ島のゲルンバン飛行場である。直線距離で五〇〇〇キロを超える。総飛行距離は七〇〇〇キロ以上だろう。

南方へ出発の日、天気は快晴、雲量ゼロ、蒼空の空へ次々と「隼」が飛び立つ。上空で中隊ごとに編隊を組み進路を南にとる。あこがれの南方進出である。沸き立つ想いをおさえきれない。飛行機乗りなら誰もが南国の空を思いきりとびたいと願う。それが今から叶うのである。気分はまさに上々であった。

編隊は一個中隊一二機編成である。三個中隊と指揮班で編隊を組んだ。ベテランパイロットが半分以上を占めているとはいえ、新米の操縦者も多い。先輩方も気を遣ったであろう。

第七十七戦隊は、福岡の雁の巣飛行場から沖縄（那覇）、台湾（屏東）、フィリピン（クラークフィールド、ダバオ）、セレベス島（メナド、マカッサル）、ジャワ島（スラバヤ）、ジャカルタを経由し、十一月十四日にスマトラ島（ゲルンバン）に到着した。全機無事であった。

到着後、第七十七戦隊はパレンバン油田地帯の防空任務に就いた。

編隊長が先導してくれたので遠距離航法の不安はなかった。新米操縦者である十一期生の六名も飛行機を壊すことなくスマトラ島に到着した。後続の地上部隊も逐次到着した。「隼」の操縦を覚えたての我々は、難なく先輩方との長距離編隊飛行をこなした。これは我々が優秀だったというよりも、それほど「隼」という戦闘機が乗りやすかったということなのである。

途中、セレベス島のメナド飛行場でこんなことがあった。

メナド飛行場は海軍の落下傘部隊が占領した飛行場である。この飛行場の上空に到着して一中隊から二中隊まで順次着陸した。その途中でスコールが来た。スコールに当たった三中隊は上空でやむのを待った。やがて雨がやんだ。最初に三中隊長の宮本中尉が着陸態勢に入った。宮本中尉は、ハルピンで訓練を受けたときの私の教官である。そして宮本中尉が着陸したとき、スコールによってできた滑走路の水たまり脚をとられてひっくり返ってしまった。幸い怪我はなかったが機体が大きく破損した。

操縦席から脱出してきた宮本中尉が機体の破損を報告したとき、桑原大尉が、

「貴様なにをしとるか」

と言いながらビンタを放った。宮本中尉は隊員が見ている前で殴られた。中隊長がビンタをとられるなど軍隊では考えられないことであった。しかも殴られたのが私の恩師である。私はショックを受けてしばらく気持が暗く沈んだ。

ゲルンバン飛行場は日本軍がその存在を知らなかった飛行場である。

昭和十七年二月十五日、南方作戦により日本陸軍の空挺部隊（落下傘部隊）がオランダ領のパレンバン油田を押さえるため、パレンバン飛行場に降下して同地を占領した。その後、南東約六〇キロ地点にゲルンバン飛行場を発見したのである。

ゲルンバン飛行場はオランダがつくった飛行場である。鬱蒼たるジャングルの真ん中につくられたため、これまで他国に知られていなかったのである。四角の敷地に二〇〇〇メートルの滑走路があった。相当の広さである。広いうえに敵がこなかった。敵がこないために邀撃もない。油田が近いため燃料に困ることがない。そのため思う存分訓練に励むことができた。我々操縦者にとってはいい飛行場だった。

飛行場の周囲は大密林である。飛行場に通じる道路が二本あるだけで建物などない。夜になると虎や熊が現われる原始の森に囲まれている。夜間の警戒にあたった歩哨が、

「昨晩は虎が出て思わず銃を構えた」

などと話してくれたり、整備兵が、捕まえたニシキヘビを見せてくれたりした。地上勤務員が猿を捕まえて飼うのが流行ったのもこのゲルンバンである。先に駐屯していた歩兵部隊の兵隊たちは盛んに野ブタ取りをやっていた。虎、猿、ニシキヘビに野豚など、ゲルンバンでは動物のことばかりが記憶に残っている。

ある日、ゲルンバン飛行場で射撃訓練をしたとき、発射した弾が吹き流しを牽引していた

ロープにあたり、吹き流しが飛行場から二キロほど先のジャングルに落ちた。上から見ると近いところにあるのですぐ回収出来るだろうと思っていたが、地上に降りてジャングルに入ると沼地でひどく歩きづらい。そのうえどこに落ちたのか全くわからず、同じところをクルクル回って前に進まない。我々は「道に迷ったら大変だ」と白い布を木に結んで目印にしながら再度挑戦し、何時間もかけてようやく吹き流しを回収した。

参考までにゲルンバン飛行場までの飛行日程を載せておく。

昭和十八年十一月　四日　雁ノ巣を離陸、沖縄那覇に向かう。
五日　那覇発、台湾の屏東に着陸。機材点検のため二泊
七日　屏東発、フィリピンのクラークフィールド着
八日　クラーク発、ダバオ着
九日　ダバオ発、セレベス島メナド着
十日　メナド発、マカッサル着。機材点検のため二泊
十二日　マカッサル発、ジャワ島スラバヤ着、天候の都合でジャカルタ着、機材点検のため二泊
十四日　ジャカルタ発、スマトラ島ゲルンバン飛行場着

クラークフイルドは南京虫が凄かった。メナドでは温泉に入ったことを記憶している。

毎日、知らない飛行場まで飛んではその地で宿泊し、次の目的地にむけて飛んだ。この長距離飛行で操縦に自信がついた。

陸軍航空部隊の概要

ここで陸軍航空部隊の概要について触れる。

陸軍の航空部隊は、明治後半に偵察のために気球を活用する研究から始まった。その後、欧米において飛行機が実用化したのを受け、大正四年（一九一五年）に飛行中隊が発足した。大正十四年には航空兵科が独立し、昭和十一年には全陸軍航空部隊を統率する航空兵団が編成され、これによって地上部隊の支援担当だった陸軍の航空部隊が地上部隊と切り離され、独自の作戦を行なうようになった。

その後、飛行部隊は年ごとに増強され、太平洋戦争開戦時には一五〇中隊までになった。日本陸軍の敵はソ連であった。そのため満州が主戦場となる。陸軍航空部は満州を拠点として対ソ連用の編制、装備、用法を整えた。

陸軍の航空部隊は、本来、大陸における戦闘用の部隊である。太平洋方面の戦闘に対する準備も訓練も受けていなかった。戦局が進むと陸軍航空部隊は南方方面に転用されるが、陸軍としては意外であり不本意であった。

陸軍の空の編制について簡単に述べておく。

陸軍航空部隊は飛行部隊と地上勤務部隊に分かれる。

飛行部隊は、

偵察
戦闘
爆撃

に分かれ、

地上勤務部隊は、

情報
通信
保安
気象
補給
整備
飛行場設定
航空路関係

などに分かれる。

昭和十二年から飛行部隊は「飛行戦隊」に改称されて独立した。飛行戦隊を我々は「戦隊」と略して呼んでいた。

飛行戦隊は、

戦闘（戦闘機）

軽爆（軽爆撃機）

重爆（重爆撃機）

偵察（偵察機）

に分かれる。ひとつの戦隊は本部と三個中隊で構成される。戦隊長は大佐、中佐、少佐の何れかの将校がなる。戦闘機戦隊の一個中隊の定数は一二機である。三個中隊で一個の戦闘機戦隊を構成する。他の分科はおおむね一個中隊九機前後だろうか。偵察はもっと少ないかもしれない。しかし、機数が定数を満たしていることは稀で、常に不足しているのが現状であった。

飛行戦隊を二から三統合すると飛行団となる。飛行団長も大佐から少佐の将校がなる。飛行団と航空地区（地上勤務部隊）を統合すると飛行師団となる。ビルマ方面や豪北方面などの一方面に対する作戦を行なうのがこの飛行師団である。飛行師団長には少将か中将がなる。飛行師団の上部機関は航空軍である。航空軍のさらに上は方面軍となる。

陸軍の主要機を列記しておく。カッコ内は通称名である。

戦闘機
一式戦闘機（隼）
二式戦闘機（鍾馗）
二式複座戦闘機（屠龍）
三式戦闘機（飛燕）
四式戦闘機（疾風）
偵察機
九九式軍偵察機
一〇〇式司令部偵察機
軽爆撃機
九九式双発軽爆撃機
重爆撃機
一〇〇式重爆撃機（呑龍）
四式重爆撃機（飛龍）
輸送機
一〇〇式輸送機

海軍の南方進出願望

次に、対ソ運用に編制された陸軍航空部隊が、なぜ南方に転用されたのかについて簡単に書いておきたい。

日本が太平洋戦争に踏み切ったのは、日本が経済不況から脱却するために満州に進出したことから欧米各国と軋轢が生じ、最終的に経済封鎖をされたため、資源確保を目的としてアジア諸国を武力によって獲得しようとしたためである。開戦と同時に日本は、陸海軍が協働して南方作戦を敢行した。

この南方作戦で陸軍が目標としたのは、対ソ連戦のための戦争資源の獲得であった。これに対して海軍は、対米戦のための戦争資源の獲得のほかに、いずれ来襲するであろうアメリカ艦隊迎撃のための軍事拠点（フィリピン、パラオ諸島、ソロモン諸島等）の確保を目的とした。

南方作戦は陸海軍協働で行なわれた。まず、

ハワイ（アメリカ海軍基地）

フィリピン（アメリカ陸軍基地）

マレー（イギリス軍駐留）

の急襲に成功し、昭和十七年に入ると、

マニラ

シンガポール

パレンバン
ジャワ
ビルマ
豪北（オーストラリア北部）要域
ニューギニア

を占領した。この作戦で陸軍航空部隊は、

マレー作戦
パレンバン空挺作戦
ジャワ攻略

に参加して大きな戦果を得た。そのときの主力機が九七式戦闘機である。南方作戦で占領した地域を総称して「東部蘭印方面」と称された。

今思えばのことであるが、作戦範囲をここまでにしておけば、あれほどの戦争犠牲者をだすことはなかった。フィリピン諸島からトラック諸島までの海域に連合艦隊と海軍航空部隊を配置し、陸軍航空部隊と歩兵部隊を第二線として内地からビルマ、フィリピンに布陣して備えるという作戦をとっていれば、戦争には勝てなくても、

海上補給途中の船舶の海没
南方諸島における兵たちの飢餓

航空部隊の短期壊滅

多数の民間人の犠牲

という事態は避けられたか、死者数が少なくなっていたに違いない。

しかしこのあと、戦線は南にむかって限りなく広がってゆくのである。そして戦線太平洋戦争による犠牲を大きくしたのは戦線を広げすぎたことが主因である。を広げていったのは南方作戦の成功で有頂天になった海軍である。私が愛惜して止まない第七十七戦隊をニューギニアで壊滅させたのは連合軍ではなく、

「海軍の南方進出願望」

だったと言える。

基本的に南方進出については石油等の資源の確保が陸軍の目的であり、豪北やニューギニア方面の確保に陸軍の関心はなかった。対ソ連が戦略上の目的である以上、太平洋方面に戦力を割く必要がないのである。

それに対し、海軍の敵はアメリカ海軍とオーストラリア海軍である。南方作戦の成功で勢いに乗った海軍は、

「オーストラリア海軍を覆滅しよう」

とまで主張しだした。これが「豪州進攻論」である。昭和十七年一月のことである。

この他に海軍は、フィジー、サモア海域を攻略してアメリカとオーストラリアの連携を遮

断（米豪遮断作戦）する作戦（FS作戦）やインド洋進攻作戦も検討に入った。いずれ始まるアメリカ艦隊との決戦を優位に運ぶための作戦であった。

こうした南方への進攻作戦に陸軍は真っ向から反対した。

陸軍の抵抗により、海軍が模索した諸計画は一応取りやめとなった。そして、陸軍は南方方面から手を引き、東部蘭印は全面的に海軍が担当することで落ち着いた。これが昭和十七年六月ころの話である。その後、南方における日本陸軍航空部隊は、

ジャワ

シンガポール

に拠点を置き、主として油田基地があるパレンバンの防空に当たった。パレンバンは陸軍の落下傘部隊を投入して確保した油田である。パレンバンを持っている限り、陸軍の軍事用燃料が枯渇することはないのである。

陸軍航空部隊の南方投入

ところが米豪遮断作戦とアメリカ海軍の早期撃滅をあきらめきれない日本海軍は、ポートモレスビー作戦（珊瑚海海戦）を実行して失敗、その後にミッドウェー海戦を敢行して大敗した。

この二大海戦で海軍は、大量のベテランパイロットと多くの正規空母を失った。これによ

って海軍の戦力が半減したのであるから、この時点で戦線を縮小すべきであった。

ところが海軍は、空母の喪失を補うためにガダルカナル島に航空基地の建設を開始したのである。日本から五〇〇〇キロ以上離れた島に飛行場を造り、そこを航空部隊の拠点にして防衛にあたろうとしたのである。

海軍の念頭には日露戦争における日本海海戦があり、日露戦争後はアメリカ艦隊をロシアのバルチック艦隊に見たてた演習をくりかえしてきた。海軍は太平洋戦争において本気で日本海海戦を再現しようとしていたのである。海軍のこの「アメリカ艦隊殲滅」という妄執に引きずられるようにして、陸軍も戦力を次々と南方に投入してゆくことになる。

飛行場を手作業で造成しつつあった昭和十七年八月、アメリカ海兵隊（米海軍支援）がガダルカナル島に上陸した。ここで初めて陸軍の歩兵部隊（一木支隊）が投入されて全滅し、以後、陸軍の兵力がアメリカ軍（オーストラリア支援）の進攻を食い止めるために、ソロモン諸島から東部ニューギニアに投入され、次々と壊滅する戦況になるのである。ただし、この時点ではまだ陸軍航空部隊は南方進出を拒否していたため投入されていない。

一方、ガダルカナル島戦の段階で海軍航空隊の戦況はすでに悲惨であった。ソロモン諸島方面に大量投入されて消耗を重ね、操縦者の養成も機体の補給も途絶えつつあった。

そのため、海軍から陸軍航空部隊にインド洋方面の警備を肩代わりしてほしいとの要請があり、昭和十七年八月末、満州から第九飛行団（戦闘戦隊一、重爆戦隊二）をスマトラ方面に転用した。これが陸軍航空部隊の南方進出の第一陣といっていいであろう。
その後、昭和十七年十一月になると、
第六飛行師団
戦闘戦隊　二
軽爆戦隊　二
司偵　一中隊
が南太平洋方面（第八方面軍）に編入され、以後、東部蘭印方面の航空作戦は陸海軍が共同して行なうことになった。
こうして満州を主戦場としていた陸軍航空部隊は、フィリピンを目指して進撃してくるアメリカ軍（マッカーサー指揮）を食い止めるために、南方戦線に投入され始めたのである。
昭和十八年一月、東部蘭印の飛行場は、
セレベス島　三
セーラム島　一
西部ニューギニア　一
スンバ島　一
チモール島　四
カイ諸島　一（水上飛行場）

が完成していた。これらは海軍によって建設されたものである。
そして二月、シンガポールにおいて第七飛行師団が編制され、陸軍航空部隊は、
スマトラ製油所等の防空
ジャワ、フロレス島、小スンダ列島、西部ニューギニア、インドネシアの地上作戦協力
印度洋（ベンガル湾からチモールに至る海域）の敵艦隊警戒及び情報収集
に従事することになった。

ここでニューギニア問題が生じる。

ニューギニア問題とは、ニューギニア島を「守る」か「放棄」するかを選択することである。


昭和十八年一月のガダルカナル島撤退以後、ソロモン諸島の放棄は決定していたが、東部ニューギニアで攻勢をとるという方針はすてていなかった。

そして、昭和十八年三月から五月にかけて、東部ニューギニアに投入された日本軍のことごとくが壊滅するという状況のなかで、大本営は、

「東部ニューギニアを含めてニューギニアを放棄しない」

という方針を決定し、これにより陸軍の航空部隊がニューギニアに派遣されることになった。

中国大陸に覇権を誇っていた陸軍航空部隊が、海軍の南方進出方針にひきずられ、ずるずると活動戦域を南方に変更するという事態になったのである。

昭和十八年六月、スマトラ方面を防衛していた第七飛行師団が東部ニューギニアに転用（後に西部ニューギニアに後退）された。

そして、東部ニューギニアがほぼアメリカ軍に制圧された昭和十八年九月三十日、大本営は、千島列島、小笠原諸島、内南洋（中西部）、西部ニューギニア、スンダ列島、ビルマの線を守ると決定した。これが「絶対国防圏」である。防衛線を中途半端に縮小したかたちである。

内南洋とは、マリアナ諸島、カロリン諸島、ゲールビング湾（現在のチェンデラワシ湾でビアク島がある）以西のことである。この絶対国防圏の防衛線上にホーランジアがある。

こうした戦況の中で、第七十七戦隊は、昭和十八年十月九日、シンガポールの第三航空軍の隷下に編入され、パレンバン油田地帯の防空のためスマトラ島ゲルンバンに展開せよとの命令をうけた。ニューギニア方面に転用となった第七飛行師団の穴埋めとしてスマトラ方面の防備を命ぜられたのである。ところてん式に南方に押し出されたかたちであった。

ゲルンバン飛行場に到着後、第七十七戦隊は連日、激しい訓練を行なった。第七十七戦隊が布陣中に敵機の来襲はなかった。

第四章　ビルマ、タイに転進

連合軍の補給空路遮断

スマトラ島パレンバン油田地帯の防空任務にあたっていた第七十七戦隊は、ビルマ第四飛行団の要請で一時的にビルマ、タイ地区に派遣されることになった。

昭和十八年十二月中旬のことである。

これは連合軍が、昭和十九年の初旬に日本内地を空襲するため、印度（カルカッタ）から中国の昆明に航空用燃料を運んでいるという情報が入ったからである。昆明の基地に大型機を集めて日本本土空襲を企図しているという。

「連合軍による補給遮断のため、昭和十九年一月中旬までに、タイ、ビルマに前進せよ」

というのが第四飛行団からの命令であった。

こうした情勢により第七十七戦隊第一、第三中隊は、ビルマのメイミョウ飛行場に、我々第二中隊はタイ北部のチェンマイ飛行場に展開することになった。

十二月下旬、まず第一中隊の一三機が先発隊となって出発し、シンガポール、マレーシア（アロールスター基地）を経て、タイのバンコック（ドムアン基地）に到着した。第一中隊はここで機材の整備に入った。

十二月二十九日夜、B－24がバンコックに来襲した。直ちにバンコックに滞在中の第一中隊が邀撃した。そして第一中隊長の中尾静貞大尉が戦死した。

昭和十九年一月十日、第二、三中隊がゲルンバンを出発してバンコックまで進出した。そのとき私は別命を受け、第三中隊の小早川清曹長（少飛五期）と「隼」を搬送するため、爆撃練習機（通称「爆練」）に便乗してサイゴンに向かった。これは新しく第二中隊に赴任した加藤正則少尉（陸士五十六期）の飛行機を受領するためである。

そして一月十二日、バンコックに残した私の「隼」に加藤少尉が搭乗してタイにむかう途中、チェンマイ手前のランパンでエンジン不調により墜落して重傷を負い、収容先の病院で亡くなった。私は加藤少尉が戦死したその日の夕刻に、サイゴンで受領した新しい「隼」に乗ってチェンマイに到着し、そこで初めて加藤少尉の戦死を聞いた。

私が運んできた「隼」は戦死した加藤少尉が乗る予定だった。墜落した私の機は確かにエンジンの調子が良くなかった。しかし、その当時は皆そんなものだったので気にしていなかった。私が乗ったら同じ事が起こったかどうかはわからない。

その後の転進は順調に推移し、第三中隊はビルマのマンダレー東方にあるメイミョウ飛行場に到着して第一中隊と合流し、第二中隊はタイのチェンマイ飛行場に展開を完了した。

チェンマイはタイ北部最大の都市である。標高六〇〇メートルの避暑地である。飛行場のピスト（指揮所兼待機所）の真正面にはドイプイ山が聳え、その中腹に仏教国らしく赤い寺院が色鮮やかに建てられていた。熱帯地方でありながら朝晩は寒いくらいに気温が下がる。寒さがひどいときは庭でたき火をし、みんなで火を囲んで雑談に花を咲かせた。

ビルマで戦う敵はインドに拠点を置く連合軍（主力は英軍）である。その情報網は綿密であり、ときに原始的であった。チェンマイ飛行場からビルマ北部や中国国境に向かって出撃するとドイプイ山頂から狼煙があがり、これに呼応して次々と山頂伝いに狼煙が伝わるのである。敵スパイが出撃の情報を連合軍に伝達しているのだ。この狼煙のせいで第二中隊の行動は敵に筒抜けであった。山腹にスパイがいることは明白である。立ち上る狼煙を見ると、

「ばかにしてやがる」

と腹が立ち、爆弾のひとつも落としてやろうと思うのだが、タイ国は「友好国」であるため攻撃はできない。

「たき火をしていただけだ」

と言い訳されると攻撃が不当なものになるからである。

この狼煙は一例である。その他にもイギリス軍から派遣されたスパイがあちこちにいて広

範囲な諜報網を敷いていた。そのため輸送機を撃墜してやろうと出撃しても、なかなか会敵することができないというのが実情であった。

第七十七戦隊がタイ、ビルマに展開したのが昭和十九年一月である。そして、太平洋戦争中の作戦で最も無謀と言われた「インパール作戦」（ウ号作戦）が始まるのが同年三月八日である。

この作戦は第十五軍司令官の牟田口廉也中将が強引に実施した。徒歩でアラカン山系をこえてインパールの英印軍基地を攻略するという作戦であった。牟田口中将は自信満々だったが作戦は失敗した。作戦期間は雨期を越えて七月まで続いた。撤退のとき行き倒れになる兵が続出し、その道は白骨街道と言われた。

私がチェンマイに到着した一月中旬はまだインパール作戦は始まっていない。しかしビルマ南方沿岸のアキャブにおいて、第五十五師団を主力とする日本軍と英印軍が戦闘（第二次アキャブ作戦）を開始していた。こうした戦況のなかで私は初陣をむかえた。

初陣

昭和十九年一月十八日の朝、そのとき私は二十歳であった。

この日、私が所属する第二中隊はタイのチェンマイから出撃し、ビルマのメイミョウに展開する第一、第三中隊と呼応してビルマ北部及び中国とインド国境（チンスキヤ東方）の空

米戦闘機カーチスP-40。大戦前半の米陸軍主力戦闘機で、南方各地で日本機と戦った

域で敵の輸送機を待つ作戦を行なった。今回で何度目かの出陣である。これまでは敵機との遭遇はなかった。

連合軍による中国支援は、昭和十八年五月ころから印支（インドと中国）空輸によって急激に増大した。その空路はインドのカルカッタから北東のチンスキヤを経由し、ビルマのサンプラバムの上空を通過して昆明に至るルートである。この空輸を連合軍はハンプ（ＨＵＮＰ）と呼んでいた。第七十七戦隊は、ビルマの第四飛行団からの要請で一時的にハンプの妨害作戦に参加することになったのである。

指揮班は各中隊から二機ずつ出て編成された。各中隊一〇機以上が出撃した。全部で四〇機近い機数である。このときは各部隊に充分な飛行機があった。私の軍歴の間で操縦者の人数分だけ飛行機があったのはこの時期までである。

タイからビルマ上空にいくまでに時間がかかる。第二中隊が到着するまでに、ビルマから出撃した二個中隊が作戦空域に先着して会敵した。

輸送は長距離なので通常であれば戦闘機の援護はない。しかしこのときは敵のDC－3輸送機にP－40戦闘機が援護で帯同していた。第一中隊と第三中隊は敵機発見後、直ちに戦闘に入った。二個中隊の「隼」がP－40と空中戦闘を行ない、敵戦闘機の援護をかいくぐった「隼」が輸送機を攻撃した。この日の戦闘が少飛十期と十一期生の初陣となった。

この戦いで渡辺武政伍長（少飛十期）がP－40と交戦して戦死した。渡辺伍長が撃墜された状況は誰も見ていなかったという。戦闘が終わっても帰ってこないため捜索したところ、インドのチンスキヤ方面で墜落した機体が見つかったそうだ。

この日の出撃のとき、私は中隊長機の僚機となった。私は中隊長とともにチェンマイ飛行場を離陸し、進路を北にとりながら高度五〇〇〇メートルまであがり、中国とビルマ北部の国境近くで連合軍の輸送機を待った。上空で待ち伏せして輸送機を狙うこの作戦を「辻斬り」と言っていた。

海軍の空戦態勢は四機編制で飛ぶが、陸軍は二機と二機に分かれた四機編成で相互援助しながら攻撃を行なう。これを「ロッテ戦法」と言う。

ロッテはドイツ語で「Rotte」と書く。編隊飛行をする場合に二機一組を最小単位とする戦術である。ドイツ空軍で確立した方法であるらしい。

基本的な考え方としては、長機（リード）と僚機（ウイングマン）に分かれ、長機が敵機を攻撃している間、僚機が上空や後方にいて警戒や援護を行なうというものである。

空中戦というと戦闘機同士が一対一で巴戦を行なうイメージがあるが、それはソ蓮と戦闘を行なったノモンハン事件か日中戦争の初期までである。その時代までは一対一の格闘戦が主体で操縦者が技を競いながら空中戦を展開し、そこで培われた技術が陸軍航空部隊の伝統技術となって継承された。当然、我々も徹底して格闘戦を習った。しかしいざ実戦に出てみると、実際に行なわれていたのは一撃離脱戦ばかりだった。

日中戦争が始まったときは翼が二枚ある九五式戦闘機が主力機だった。その後、ノモンハン事件で単葉のソ連機（I－16）に苦戦したため、陸軍は新型機である一枚羽の九七戦（低翼単葉）を採用して中国機やソ連機に対抗した。一対一の戦闘が盛んに行なわれたのはこの時期までである。

九七戦から「隼」に変わる頃になると戦闘機の速度が格段にあがり、上空から一撃を加えて離脱する戦法が広まっていった。ただし、我々はこれまで格闘戦しか訓練してきていないため、ロッテ戦法は実戦でおぼえるしかなかった。

我々が行なっていたロッテ戦法も格闘戦は行なわない。敵機を上空から撃って逃げるというやり方に徹する。私の軍歴のなかで戦闘機との戦闘はビルマで五、六回、インドネシアで数回ある。そのときの敵機はP－38が多かったが、いずれもふいにあらわれて一瞬で終わった。一騎打ちになって後をとりあった単機格闘戦は一度もなかった。

長機と僚機の距離はおよそ五〇〇メートル。長機の右後ろに位置する。基本的には二機編成で戦うが、三機の場合は、右後方に一機、左後方一機、機数があるときは四機のときもあった。このときは右後方に一機、左後方に二機が位置する。いずれもその距離は五〇〇メートルである。敵機は長機を狙ってくる。それを僚機が援護しながら飛ぶ。

攻撃態勢になっても縦隊にはならない。ロッテ戦法は二機で飛ぶことが決まっているわけではなく、二機乃至四機が並列(逆Vの字)で飛び、僚機が長機を掩護しながら攻撃する方法をいうのである。ただし陸軍航空部隊の兵力は枯渇状態にあり、四機編成で出撃することはほとんどなく、長機と僚機の二機で戦うのが常であった。

無我夢中の一撃

初陣のこの日も二機である。中隊長機の僚機になった私は、出撃前に、

「弾は撃たんでもいいから、とにかくついてこい」

と中隊長から指示され、

「絶対離れるな」

と釘を刺されていた。

高度五〇〇〇メートルからさらに上昇を続けた。高度六〇〇〇メートルになった。五〇〇〇を越えると気温が極度に下がる。

「寒い」

狭い操縦席で体が震える。ひざをガクガク動かした。しかし、震えているのは寒さのためだけではない。怖いのだ。寒さと怖さで体がブルブルと震え、歯がガチガチと音を立てる。私は終戦までに三〇回ほど敵機と対峙したが、その間、恐怖心がなくなることはなかった。死に直面すると恐怖に駆られる。これは人間であれば当然の感情なのだ。皆、豪胆を装って恐いなどとは一言も言わないが、言わないだけで誰もが同じであったと思う。

戦闘は一瞬の気の緩みが生死を分ける。空中戦闘では先に見つけた方が勝ち、先に見つけられた方が負ける。負けることは死を意味する。そのため首をグルグル回してたえず周囲を警戒する。

その日、私の機の風防ガラスの後ろの方に茶色の油が付いていた。小さな点である。

その油を見て、

「敵機だ！」

とハッとした。

（なんだ、油か）

とホッとする。しばらくするとまたそれを見て、

「敵機だ！」

と戦慄する。それを何度も繰り返した。それほど緊張していた。

高度六〇〇〇メートルで旋回しながら敵機を探す。寒さが増す。あいかわらず震えが止ま

らない。

そのとき編隊長機（松尾大尉）が大きく翼を振った。敵機発見の合図だ。

「来た」

ついに実戦である。私の緊張は極限に達した。今まで以上に体がブルブルと震え、歯がガチガチと鳴る。これは武者震いなのか、あるいは私が臆病だったのか、それは今でもわからない。しかし、恐怖で震えながらも私は逃げなかった。いや、逃げなかったのではない。逃げることができなかったのである。

私は歯を食いしばって恐怖に耐えた。臆病であることは仕方がない。しかし卑怯であってはならない。敵前逃亡は陸軍刑法により銃殺となった時代である。たとえそこに死が待っていようとも、敵にむかって突き進むしか道はなかったのである。

退路を断たれた空の戦場で、私の初陣が始まった。

二機の輸送機がみるみる接近する。

「ががががが」

中隊長が撃った。曳光弾を交えた銃弾が敵機にむかった。弾は撃たなくてもいいと私は言われていた。しかし眼前に敵がいると撃たずにはいられない。私は無我夢中で射撃ボタンを押した。弾が空中に放たれた。一連射が終わると敵機が視界から消えていた。何が何だかわからなかった。

昭和19年1月18日、敵輸送機攻撃を終え、タイのチェンマイ基地に帰還した関伍長。この戦闘が、初陣となった

一息ついた。いつのまにか私の武者震いが止まっていた。一瞬の攻防であった。敵機に当たったかどうかなど全くわからない。ただ、自分が生きていることを確認してホッとした。敵機も落ちず、自分も死なず、私の初めての実戦はあっけなく幕を閉じた。なんとも情けない初陣であった。

しかし、空中戦とはこんなものである。飛行時間のほとんどを移動と索敵に費やし、ようやく会敵していざ空中戦が始まっても一瞬で終わる。ほんの数秒、長くても十数秒の戦闘である。そのわずかな時間のなかで生死が決まるのである。

繰り返すが、敵戦闘機と一対一で技術の限りを尽くして格闘戦を演じたのは日中戦争（それも初期）からノモンハン事件あたりまでである。その後は各国の航空機の速度が急激に早くなったこともあり、例え戦闘機同士であってもヒット&ラン式の一撃攻防が主流となっていた。いわんや大型機に対する攻撃はすれ違いざまの一斉射で終わる。特に、弾幕を張る爆撃機に対する攻撃では技術よりも度胸のほうが重要であり、いざ戦闘が始まれば生きるも死ぬも運だめしの世界であった。

私の初陣は二機のダグラス機（DC－3かC－47）に対する攻撃で終わった。

「ダグラス機、一機撃墜」

の戦果があったとあとで聞いた。誰が墜としたのかは分からない。

以後、数回、空輸妨害作戦に出撃した。その都度、私は空で震えた。それが寒さのためか、恐怖のせいだったのか、体はいつもブルブル震え、口の中はカサカサに乾いた。

緊張の初陣後、第七十七戦隊は敵輸送機を求めて何度か出撃したが、会敵の機会はなかった。この時期は基地に対する空襲がまだなかったため邀撃戦はない。作戦がない日は訓練に励んだ。

ニューギニア・ホーランジアへ

昭和十九年一月二十七日、タイとビルマに駐留していた第七十七戦隊に対し、

「ニューギニアに転用する」

という命令が下された。予期せぬ突然の命令であった。タイ北部のチェンマイの生活は約一ヵ月で終わった。

これにより第七十七戦隊は南方軍総司令官の指揮から離れ、第二方面軍指揮下の第八飛行団に編入されることになった。ニューギニアの前進基地はホーランジアとされた。

「二月中旬までにホーランジアに展開せよ」

という命令である。

連合軍（米軍主力）の進攻はニューギニアの北岸を席捲する勢いであった。アメリカを主力とする連合軍の兵力は膨大であり、ジリ貧の日本軍が太刀打ちできる相手ではなかった。このとき東部ニューギニア方面を担当していたのが第八方面軍（昭和十七年編成）である。第八方面軍は、ニューブリテン島のラバウルに司令部を置いて、ソロモン諸島とニューギニアの作戦指揮に当たっていた。そしてニューギニア東部のマダンで連合軍を食い止めようとしたが大苦戦に陥り、やむなく航空支援をビルマ方面の陸軍航空隊に求めたのである。

大本営はこの要請を受けた。そして、「異常な決意」をもって五個戦隊、約一五〇機をニューギニアに派遣することを決定した。この精鋭五個戦隊のひとつが第七十七戦隊である。

第八方面軍が担当する東部ニューギニア方面はすでに連合軍が突破する勢いをみせている。航空部隊をニューギニア中部のホーランジアに展開し、東部ニューギニア方面から侵攻してくる連合軍を食い止める作戦であった。

この経緯について『戦史叢書』にはこう書かれている。

◇五コ飛行戦隊の一時的東部ニューギニア増派

反撃戦力を造成蓄積し、絶対国防圏において決戦的反撃を企図している大本営にとって、東部ニューギニアの前線における消耗は極力避けなければならなかった。

しかし現実、当面の情勢は、いわゆるカンフル注射的に戦力の増強を行なわなければ、とうてい規定の全般方針成立に必要最小限の持久もできないものと認められた。

大本営は異常な決意をもって、第八飛行団司令部及び五コ飛行戦隊約一五〇機を一時増派することを決定した。この戦力は、当時、大本営陸軍部が予備の航空兵力として考えていた「全兵力」ともいうべきものであった。大本営陸軍部服部作戦課長は、秋山第四航空軍参謀長に対し、不用意な戦力消耗を避けることについて厳重な注意を喚起し、縦深航空基地を活用する柔軟な航空用法として「船団攻撃重点の戦法」を勧告した。そして、その戦力は第八方面軍司令官の隷下または指揮下に入れず、フィリピン島のダバオにある阿南第二方面軍司令官の指揮下に置いて、一時的に第八方面軍に協力させる異例の形式を採ったのである。

すなわち、一月二十七日と三十一日の大命により、部隊は、二月中旬までに東部ニューギニアに至り、第八方面軍のマダン作戦に協力（作戦に関しては第八方面軍司令官の区処を受ける）するよう発令された。

南方軍隷下部隊

第八飛行師団司令部（飛行団長　森本軍蔵少将）
第三十三戦隊（一式戦闘機「隼」戦隊長　福地勇雄少佐）
第六十戦隊（九七式重爆撃機　戦隊長　大岩三雄少佐）
第七十七戦隊（一式戦闘機「隼」戦隊長　松元邦男少佐）
第十四軍隷下部隊
第四十五戦隊（九九式襲撃機　戦隊長　佐内不二夫少佐）
第七飛行師団編合部隊
第七十五戦隊（九九式双発軽爆撃機　戦隊長　安岡光衛中佐）

この部署は特異なものであった。戦力使用をマダン作戦に限定していること、現地指揮官の指揮下に入れず、協力関係にとどめていることなどがそれであるが、これは貴重な戦力を散漫に使用し、無為に戦力消耗の弊に陥ることを極度に虞れたためである。

この時期、大本営が五コ戦隊の増派を決意したことにラバウルの第八方面軍は驚いた。第四航空軍もまた同様であった。そして慎重な用法を要求された点について非常に大きな精神的負担になった。同軍は二月いっぱい、ほとんど連日、その用法の検討に明け暮れた。

悪戦苦闘中の第八方面軍に対し、万難を排して協力する気持が強い阿南第二方面軍司令官は、その運用に遺憾のないよう幕僚に検討を指示した。しかし、第二方面軍としては特別な具体的名案はなく、極力、第八方面軍の用法を拘束しない方針であった。

一方、西部ニューギニア方面にとっては、戦力がもっとも充実した第七十五戦隊が抽出されたため、現に多忙を極めている船団援護の対潜警戒を弱化することになった。

以上のとおり、昭和十九年一月三十一日に、

「二月中旬までに東部ニューギニアに展開し、第八方面軍のマダン作戦に協力せよ」

という命令がでて、第七十七戦隊のニューギニア行きが決定した。

当時、東部ニューギニアでは、陸軍の第十八軍が連合軍に大敗してマダンから後退（当時は転進といった）しようとしていた。しかし部隊の撤退は、連合軍の攻勢、未開のジャングル、補給困難による飢餓等により困難な状況であった。

この第十八軍の撤退を現地派遣中の第四航空軍が支援するべきところ、第四航空軍の実働機の数は一〇〇機に満たない状況であった。そこで昭和十九年一月下旬、第八方面軍は第四航空軍の意見具申により、第八方面軍の参謀である豊次少将を上京させ、

「マダン作戦（第十八軍の撤退）を支援するため、航空兵力を増強してほしい」

との要望を大本営にあげた。その結果、当時、

「ニューギニアを絶対国防圏に含む」

という方針を示していた大本営は、この意見を無視できず、

「第八飛行師団司令部及び精鋭の五個戦隊約一五〇機を一時的に派遣する」

との決定を決めたのである。

ニューギニア転進の命令を受けた第七十七戦隊は、二月初旬、ビルマのメイミョウとタイのチェンマイを各中隊ごとに出発した。

そして昭和十九年二月六日、第七十七戦隊はバンコクのスンゲパタニーを経由し、シンガポールのテンガー飛行場に集合した。ここでニューギニア転進のための機材整備や荷物整理を行なうのである。

マラリア

準備が完了し、出発態勢が整った。いよいよニューギニアへ旅立つ。出発日は二月十一日の紀元節とされた。ニューギニア進出の門出の日である。

ところが、行く末の不運を暗示するかのように、第三中隊の隊員がトラックに便乗してテンガーに帰る途中、中国人が運転する車と交通事故を起こして死傷者が多数でた。

死亡　田中徳男軍曹
負傷　阪本久松曹長
　　　篠　時秋軍曹

松下勉伍長
井本信綱伍長（少飛十一期）
西垣研之介伍長（少飛十一期）
佐藤上等兵
石田上等兵

この事故により戦隊の出発が三日遅れた。同期の井本と西垣は入院となり、怪我が治るまで残留となった。

二月十四日、戦隊長以下三個中隊、三六機の戦隊主力がシンガポールを出発した。

そしてジャワ島のバンドン、バリ島のデンパサル、フロレス島のマウメレ（マルメラ）、ブル島のナムレヤ、ムミを経由してニューギニアのホーランジアに到着した。

ホーランジアに集結した五個戦隊（合計約一五〇機の航空戦力）は、大本営（陸軍部）が本土決戦用の予備兵力として考えていた全兵力であった。日本陸軍航空部隊の虎の子ともいうべき貴重な戦力であった。

そのため大本営の服部作戦課長は、第四航空軍の秋山参謀長に対し、

「くれぐれも不用意な戦力の消耗を避けてほしい」

と厳重に注意し、

「五個戦隊の運用については、マダン方面の船団攻撃を重点とすること」という具体的な指示を行なった。「敵機との戦闘を努めて避けよ」という異例の指示である。

さらに大本営は、五個戦隊をできる限り温存するため、東部ニューギニアの戦線を担当する第八方面軍（ニューブリテン島に司令部）の隷下に入れず、フィリピンに位置する第二方面軍（阿南司令官）の指揮下に入れ、一時的に第八方面軍に協力させるという配置を行なった。これもまた異例の形式である。

これはマダン作戦（第十八軍の撤退戦）が終了すれば、直ちに戦線から引き揚げ、フィリピン方面の防空任務に転用しようという意思の表われであった。それほどこの五個戦隊は大切な戦力だったのである。

この戦力の中に私は入っていない。

この頃、部隊ではマラリアが蔓延し、宿舎では常に四、五人の者が高熱でうなされているという状況であった。私はテンガー飛行場の宿舎に入るとすぐに悪寒を覚え、熱が高く、早々に就寝した。その翌日、軍医の診察によりマラリアと診断され、その後はベッドで全身を焼かれるような熱に苦しんでいた。

昭和十九年二月十四日の朝、私はふうふう言いながら荷物を整理していた。マラリアによる高熱を押して出発の準備をしていたのである。私は戦隊と一緒に行くつもりであった。高熱の体で長距離飛行ができるのか不安ではあったが、なんとかなるだろうとタカをくっていた。なによりも戦隊と離れて一人で宿舎に寝ていることが耐えられなかった。

そこに松尾中隊長が訪ねてきた。そして、

「関、お前は熱が下がるまでゆっくり療養しろ。完治してからニューギニアへ追及してこい」

と言われた。

「いえ、大丈夫です。行けます」

と私は言った。しかし松尾中隊長は、

「無理して途中で事故でもあると作戦そのものに支障をきたす」

と私を諭した。

「いえ、大丈夫です。行かせてください」

と、私はなおも食い下がった。なんとしても一緒に行きたいのである。

すると松尾中隊長は、関よ、と苦笑しながら、

「あせらんでもニューギニアは逃げん。数日で熱も下がるだろう。それからこい」

と言って私の肩をポンと叩いた。私は「はい」とうなずいてうつむいた。

戦隊が出発を開始した。私はベッド脇に悄然と立ち、轟音とともに離陸する僚機たちを窓から見送った。

私の視界から消えて行った第七十七戦隊の主力は、二月二十日、ニューギニアのホーランジアに到着した。そしてその後、ホーランジアで全滅するのである。無念の気持で戦隊を見送った私であったが、すぐに合流できると信じていた。まさかこれが永遠の別れになろうとは、夢にも思っていなかった。

第五章　第七十七戦隊全滅

本隊追及

それから二、三日が経った。熱もおおむね平熱となった。軍医に無理にお願いして許可をもらい、出発することになった。単独で部隊を追及するのである。

二月十八日、残留の整備員と飛行場関係者の見送りを受け、テンガー飛行場を単機で離陸した。最初の目的地はジャワのバンドンである。快晴。エンジンは快調。ニューギニアに行った本隊を追って進路を南東にとる。

機首がジャワ方向に向く。洋上に出た。広大な海と無限の空のなかに一人（一機）である。高度は一〇〇〇メートル。速度は三〇〇キロ前後。風防に当たる風の音とエンジン音でやかましいはずなのに不思議な静寂のなかにいる。速度も感じない。高速度で飛んでいるのに上空で停止しているようだ。

ジャワの島々が見えきた。最初の着陸地点であるバンドン飛行場が地上に見えた。高度を下げて滑走路の上空を飛ぶ。吹き流しを確認、風よし。着陸の態勢に入る。高度をゆっくりと下げてゆく。地上の風景が後方に吹き飛びながら迫ってくる。上空にいたときとは真逆の速度感覚である。

さらに高度を下げる。緊張で手が汗ばむ。着陸は離陸の数倍難しい。慎重に、落ち着いて、いつも通りに、と自分に言い聞かせ、計器に目を走らせて地上との距離を確認する。やがてガクンと大きな衝撃が機体に伝わった。接地したのである。

ブレーキをかけて速度を落としてゆく。飛行場勤務者が駆け寄る。私はそれまでの緊張を隠して笑みを浮かべながら手を上げ、

「よろしく」

と挨拶をした。駆け寄った飛行場勤務者が敬礼をして機体を誘導した。

誘導指示に従って所定の位置に駐機する。

「着いた」

ほっと操縦席で一息ついた。見上げると空は蒼空である。東京で映画を見て戦闘機乗りに憧れた下町の子が、「隼」を操縦してここまで飛んできたのである。いい気分であった。

そのとき、第一中隊で同期の若林勝君が私の機体を駆け上がってきて、

「関っ」

と声をかけてきた。

「おおっ」

若林じゃないか、と驚いた。

話を聞くと若林は、二月十四日に戦隊主力と一緒に出発したが、機体の不具合によりここで胴体着陸をしたという。そのとき機体が破損し、現在は修理中とのことであった。

さらに第三中隊の小早川清曹長（少飛五期）もエンジン不調で待機しているとのこと。二機の修理が完了するまであと三日かかるという。一人よりも二人、二人よりも三人のほうがいい。私は心強くなった。

私は急いで小早川曹長のところに行き、バンドン到着のあいさつをした。小早川曹長は笑顔で迎えてくれた。前にサイゴンから「隼」受領に一緒に行ったことがあるため顔見知りである。中隊は違ったがニューギニアまでの同行を快諾してくれた。私は二人と行動を共にするため修理待機につきあうことになった。この三日間は病気明けの私にとって絶好の保養となった。私は十分な栄養と睡眠をとって体調の回復に努めた。

二月二十一日、バンドン発、バリ島のデンパサルに到着した。

二月二十二日、デンパサル発、小スンダ列島のフロレス島にあるマルメラ飛行場に到着、ここで夕刻から再度マラリアによる高熱を発し、三日間出発を延期してもらった。

二月二十五日、熱もやや下がったので三機でマルメラを出発し、次の着陸地ブル島のナムレアに向かった。その日、ブル島に無事到着した。

ブル島はインドネシアのモルッカ諸島の島である。中央部は山岳地帯で三〇〇〇メートル級の山が連なる。島民のほとんどが海沿いの平地に住み、陸軍の飛行場も海岸線にある。ブル島の西端に湾がある。この湾の突端のナムレアにオランダ軍が建設した滑走路があり、開戦後、日本軍が整備して使用していた。この飛行場の整備は海軍が行なったが、現在は陸軍の重爆戦隊が主に使用して防空にあたっていた。

滑走路の長さは一五〇〇メートル、幅は一〇〇メートルある。メイン滑走路に交差する形で約七〇〇メートルの副滑走路がある。

ナムレア飛行場はニューギニア中部のホーランジアまで約一〇〇〇キロの位置にあり、「隼」なら三時間で飛べる。この夜は、

「明日はホーランジアに到着できる」

と部隊への合流を夢見て早々に床に着いた。

運命のジャンケン

二月二十六日、ナムレアに朝が来た。いよいよ今日は本隊に合流できる。私は張り切って駐機場まで走った。

ところがなんとしたことか、駐機場に着くと愛機「隼」の油圧系統が故障しているではな

いか。油圧が低下して左翼のフラップがだらりと下がっているのである。おそらく油漏れであろう。私は頭を抱えた。ナムレア飛行場には整備員がいないのである。警備の兵隊が五，六人と野戦航空廠の軍属が二、三人、あとは現地人の兵補が数人いるだけである。飛行機の修理などできっこない。

小早川曹長は、私と若林に、

「ここで修理は無理だ。お前たち二人のうちジャンケンで負けた方が残れ。俺が本隊に到着次第、修理班をこさせる。残留者は修理が完了次第、ホーランジアの本隊に合流しろ」

と言った。

若林は不満顔だった。故障したのは関の機であるから関が残るべきである。なんでジャンケンで決めなければならないのか。そう思うのは当然であった。

しかし私も必死だった。もう残留は御免である。なんとしてもホーランジアに行って本隊に合流したい。若林がどう思おうと、そんなことは関係ない。

（なんとしてもこの勝負に勝たなければならない）

そう念じて勝負に挑んだ。若林と私はナムレアの残留をめぐってジャンケンで勝負することになった。真剣勝負である。どちらも残りたくない。本隊と合流して一緒に行動したい。回数は五回。負けた数が多い方が残ることになった。

勝負が終わった。結果は私の負けであった。地団太を踏んで悔しがったが、どうしようも

ない。ナムレアに私が残ることになった。ニューギニアに向けて二機が出発するとき、

「すぐに修理班を寄越すから待っとけ」と小早川曹長が言ってくれた。私もくどいほどお願いし、両機の離陸を見送った。これが二人との永遠の別れになった。

私は愛機の故障が理由で孤島に残留となった。そしてこのあと、ナムレアの生活が一ヵ月以上も続くのである。

流浪の一人旅

昭和十九年四月初旬になった。島に取り残された私は飛行場の無線で何度も修理班を要請したが一向に来る気配がない。今日こそは修理に来てくれるのではないかと待ち続けたが、空しく時間だけが過ぎていった。この間、マラリアが再発して四、五日寝込んだ。日常に変化があったのはそれくらいである。あとは全くする事がない。インドネシア人兵補のイブラヒム君やオニョン君にインドネシア語やインドネシア民謡を教わるのが日課になっていた。

ここでの一ヵ月間、ナムレア飛行場に降りた飛行機は一機もない。飛行場警備隊に入る電信が唯一の情報源である。毎日、警備隊に行って無線を聞いていたが、入ってくるニュースは暗い戦局を伝えるものばかりであった。

一ヵ月を過ぎたとき、救援をあきらめた。飛行機での行動が無理なら身体だけでも本隊に追及したいと思った。そこで船便を求めてナムレア港に移り、ニューギニアに行く船を待つことにした。とりあえず船便で隣りのアンボン島まで行き、そこから隣りのハルク島に渡る。ハルク島のリアンには第七飛行師団が駐屯している。そこまで行けばホーランジアに行く飛行機があるかもしれない。

私は、

「アンボン行きの船があったら教えてほしい」

と警備兵に伝えていた。

四月中旬のある日、港の警備兵から、

「アンボンに渡る船便がある」

との連絡を受けた。ただし出発時間はわからないという。私は「乗り遅れてはならじ」と荷物をまとめて港に駆けつけた。

船は陸軍の暁《あかつき》部隊の大発艇である。この船でナムレアからアンボン島に渡った。この海域は連合軍の潜水艦や魚雷艇がウヨウヨしている。発見されれば間違いなく海に叩き沈められる。危険極まりない夜の海を護衛のない小型船が行く。いつ敵に攻撃されるかわからない。一睡もできないまま船上で一夜を明かした。

アンボンに到着すると、

た。

「リアンまで行く船がある」

という。しかも今夕に出発するとのこと。さっそく交渉して乗船させてもらうことになった。

再び大発艇に乗り込み、夜の海にでる。眠れない一夜をまたもや過ごす。このときの船旅はまことに心細く、その後もたびたび悪夢でうなされるほどの恐怖体験であった。

ハルク島に無事に着いた。さっそくリアン飛行場の指揮所に行く。指揮所に入ると司令部の空気が重い。よほど戦況が悪いようだ。耳に入る情報も暗いものばかりであった。しかも、

「ここから先、ニューギニア方面に飛行機で行くことは不可能である」

という話も聞いた。連合軍の哨戒機による警戒が厳しく、発見されると直ちに撃墜される状況だという。

四月中旬のこの時期、第七飛行師団は、バボ、ムミ飛行場から高級将校と操縦者を飛行機で引き揚げる作戦を実施していた。輸送用に使われた襲撃機で運ばれてくる人員は参謀級の高級将校が多く、それに少数の下士官操縦者が含まれていた。私は運ばれてきた操縦者に話しかけて情報を集めた。引き揚げてきた人たちの話を総合すると、

「ニューギニアはすでに連合軍の制空、制海権下にある。バボ、ムミから東方は特に敗色が濃い。ホーランジアへの到達は絶対に無理である」

という内容であった。よい情報はなにひとつない。暗澹たる気持になった。

ただし幸運もあった。リアンの第七飛行師団には少飛六期生の先輩操縦者がいて、なにかと面倒をみてくれたのである。そしてある夜、その先輩から、

「明日、ニューギニアのバボ飛行場に生き残り操縦者を迎えに行く。一緒に行ってみるか」

と誘われた。私は少しでも本隊に近づけるならと即座に、

「行きます」

と答えた。

先輩は四人乗れる偵察機を操縦して行くという。バボ飛行場に待機しているかもしれない操縦者を連れてくるのが任務であった。

バボはニューギニア西端近くにある平地である。ここに海軍が昭和十八年から昭和十九年始めにかけて飛行場を開設した。開戦前にオランダの石油会社が資源開発のために飛行場を作ったのを海軍が整備したのである。バボ飛行場開設の目的はホーランジアに向かう航空機の給油と整備のためである。

後に、西部ニューギニアのマノクワリに常駐していた部隊が食料を求め、無計画な指揮によりイドレを目指して転進を開始し、飢餓による凄惨な惨劇を現出する。いわゆる「イドレ転進」と言われる悲劇である。そのイドレ方面で唯一の飛行場がバボである。

バボには陸海軍の地上部隊や高射砲隊が常駐していたが、昭和十九年に連合軍の大空襲を受けて地上設備は全滅した。私が同乗した軍偵察機は、ぼこぼこになった滑走路にかろうじ

て着陸した。先輩の巧みな操縦のおかげであった。降りて調査すると待機している操縦者はいなかった。現地に滞在している兵士に聞くと、

「ここから先に行く船便はない。飛行機も運航していない」

という。先輩は、

「ここから先に行くのは無理だ。関もいったんリアンにもどったらどうだ」

といわれたので、お願いをしてリアンにもどることとした。

翌日、バボ飛行場で先輩と出発の準備をしていると、一台の車が滑走路に入って来た。

（だれだろう）

と見ると、佐官が三人乗っている。少佐以上の将校である。どこかの師団の参謀である。戦線から命からがら帰って来たのであろう。疲弊しきっている様子であった。

そして三人のうちの独りが先輩にむかって、

「我々をその飛行機で連れて帰れ」

と言って来た。命令口調であった。まずい事態である。三人の佐官が乗れば私はバボに残ることになる。食料が全くないこの地に残れば餓死の可能性もある。船便も途絶えているため帰る方法はない。私がやきもきしていると、先輩が、

「私は操縦者をつれて帰れという命令を受けてここに来ています。ですから関軍曹は絶対に乗せます。この飛行機は四人乗りですからあと二人乗れます。誰が乗るかはあなたたち三人

で決めてください」と言った。結局、三人のうち一番階級が低い将校が残り、二人の佐官を乗せてリアンまで戻った。残った将校がその後どうなったのかは知らない。私が残っていればおそらく戦死（病死か餓死）していたであろう。

本隊の消息不明

リアン飛行場に戻ると、偶然にも第三中隊の同期生である西垣研之助君と会った。

「関じゃないか」

「おお、西垣か。どうしてここにいるんだ」

我々は固い握手をして再会を喜び、この後の行動をともにすることになった。

聞けば彼はシンガポールの自動車事故で負傷して入院していたが、完治を待てずにここまで本隊を追及してきたとのことであった。この状況下において同期との再会は本当に心強かった。夜遅くまでお互いの苦労話を語り合った。

第七飛行師団司令部は、悪化の一途をたどるニューギニア情勢への対応でてんやわんやであった。混乱を極める司令部に我々は、毎日、第七十七戦隊の状況を知りたいがために日参した。しかし、ホーランジアに展開した部隊の消息を知ることはできない。

「いったいどうなっているのか」

いらいらが募った。何度も司令部の無線担当者を捕まえて事情を聞いたが、

「今の時点では現地の状況は全く不明です。ホーランジアとの連絡も途絶えています」

と言うばかりであった。

そして、痛恨の昭和十九年四月二十二日、ホーランジアに連合軍が上陸した。

この情報は翌日、我々の耳に入った。

「ホーランジアに米軍が上陸したようだ。もうニューギニアに行くのは無理だ」

という情報がたまたま無線から流れてきたのを聞いて知ったのである。

ホーランジアは、ニューギニア北岸の中央部にある。ニューギニアで唯一、飛行場と港をあわせもつ基地である。地形は、四〇キロを隔てて東にフンボルト湾、西にタナメラ湾があり、その間に標高二〇〇〇メートルを超えるシクロップ山系が屏風のようにそびえる。シクロップ山系の南にはセンタニ湖を湛える平地が東西に延びる。第一から第三までの飛行場はこの湖の北側にある。辛うじてトラックが通れる約二〇キロの急造道路がフンボルト湾から飛行場まで通じる。この湖畔の飛行場は昭和十八年に海軍によってつくられ、その後、海軍航空隊の撤退により陸軍の航空部隊が使用していた。

ホーランジアはもともと、南方軍（ビルマ、インドネシア方面担当）の前線基地であったが、昭和十八年以降、ソロモン諸島と東部ニューギニア方面を担当する第八方面軍の後方基地に

なり、主として第六飛行師団が展開し、飛行場の整備も第六飛行師団隷下の第五野戦飛行設定隊（長、寺崎嶽司少佐）の担当となった。

そして昭和十八年六月以降、大本営はホーランジアを堅固な基地にするため、輸送船団で地上勤務部隊や野戦航空修理廠など多数の地上部隊を上陸させ、滑走路と港湾までの道路整備を最優先に行なわせて基地の整備を急いだ。このとき、飛行機を分散する誘導路や空襲から機体を守るための掩体壕などの防護施設の構築は後回しにされた。

昭和十八年九月、東部ニューギニアの戦況悪化により東部ニューギニアに展開していた飛行部隊がホーランジアまで後退してきた。その後、南方軍から転属になった飛行部隊が次々とホーランジアに進出した。前線から後退してきた飛行機と前線に向かおうとする飛行機がホーランジアに密集するという状況になったのである。

ホーランジアに掩体壕等の防護施設はない。無線等の情報通信も整備されていない。整備や修理の設備もない。滑走路と道路しかない未開の地に航空機がごったがえして駐機する状況になった。これを連合軍が見逃すはずがない。

昭和十九年三月、オーストラリアのポートモレスビーにあった連合軍の航空部隊の拠点が、ニューギニアの、ブナナザブ（ラエの西方約一〇〇キロ）に進出した。敵の航空軍が東部ニューギニアに上陸したのである。

その総機数は約一〇〇〇機である。

ホーランジアはナザブから約八〇〇キロの地点にある。航続距離からしてホーランジアに対する空襲はまだ先であろうというのが上層部の判断であった。そしてこの判断が凄惨な結果を引き起こした。

昭和十九年三月末、連合軍による空襲が始まった。ホーランジアが航空機でふくれあがるのを待っていたかのようなタイミングであった。その空襲は執拗を極め、四月になると進出していた飛行機の大半を失った。

そして昭和十九年四月二十二日、ホーランジアに連合軍が上陸した。

地上部隊は瞬く間に壊滅した。行き場を失った地上部隊がサルミまで撤退を始めた。撤退部隊はサルミまでのジャングルを二〇〇キロ以上も彷徨い歩いた。転進部隊は一万人におよんだ。陸軍のパイロットは一〇〇〇人ほどいた。おびただしい死者がでた。サルミまでの転進は未曾有の死の行軍となった。

その当時、サルミを守っていたのは第三十六師団である。第三十六師団は、転進部隊に対し、

「トル河より西に入るな」

と河岸での待機を命じた。このとき連合軍は、サルミ飛行場を奪おうとして激しい攻撃を行なっていた。必死の抵抗を行なっていた第三十六師団に撤退兵を収容する余力はなかった。

一方、サルミに行けば食糧があると思っていた転進兵たちにとって、

「トル河を渡ってはならない」

という指示は死の宣告に等しいものであった。兵たちは次々と河畔で死んでいった。

このとき第六飛行師団長は、部下を残してニューギニアから脱出した。第六飛行師団長（心得・本来は中将職）は稲田正純少将である。稲田少将はその後、軍籍を剥奪されている。

第七十七戦隊全滅

ホーランジアにおける第七十七戦隊の状況について、私が現在までに知ったことを書いておく。

昭和十九年二月二十八日、ホーランジア飛行場に展開した第七十七戦隊は、ブーツ、ウエワクを前進基地として使用し、主としてウエワク方面の防空戦にあたった。

ブーツ前進基地の地上勤務の指揮官は伊藤少尉（第二中隊、五十五期）であったが、伊藤少尉が重度のマラリアで勤務不能となり、大野林二郎少尉（第一中隊）が代行して指揮を執った。

第七十七戦隊は、三月十一日から十五日まで、連日、邀撃戦を行ない、

B-24
P-38
P-47
など九機以上を撃墜する奮闘を行なった。

しかし第七十七戦隊の損害も大きく、開戦以来、戦隊の中核となっていた桑原庸四郎大尉（五十一期）以下多くの精鋭を失った。

三月三十日、三十一日、延べ一四〇機によるホーランジア大空襲で邀撃用の飛行機を地上で破壊された。喪失した機数は一二〇機から一三〇機という途方もない損害であった。死傷者は約一〇〇人であった。

第七十七戦隊は、空襲後の四月六日の時点で保有機は九機しかなく、そのうち飛べるのは五機しかないという惨状となった。第七十七戦隊の操縦者はそれでも戦闘を継続した。

四月十日、ついに、邀撃戦に出撃した松元邦男戦隊長が戦死するに至った。

四月二十一日朝、ホーランジア飛行場に八次（延べ八〇〇機）にわたる大空襲があり、ホーランジアの飛行部隊は完全に虚を突かれて緊急回避をすることもできず、地上にあった飛行機が壊滅的打撃を受けて使用可能機数がゼロとなった。

四月二十二日、連合軍がホーランジアに上陸を開始した。

ホーランジアの飛行部隊は可動戦力を失い戦闘能力がない。こうして第六飛行師団とホーランジアの陸海軍の軍人約一万人は、ホーランジア東方約三五〇キロのサルミを目指して陸路を転進することになったのである。

第六飛行師団は、行軍を円滑に行なうために一〇梯団に区分して出発させた。各梯団は出発後まもなく携行糧食が無くなった。蚊の大群や蛭の襲来に悩まされ、マラリアやアメーバ赤痢等の熱帯病と戦いながら、サルミ到着の期待を抱き懸命に歩を進めたが、過酷な行軍に耐えきれずに落伍して死んでゆく者が後を絶たない状況となった。そしてわずかに生き残った各部隊の将兵がサルミ直近のトル河に辿り着いた。

しかし、当時サルミは連合軍が上陸を企図している真っ最中であったため、サルミを警備していた歩兵第三十六師団からトル河右岸に停止を命じられた。サルミを唯一の希望地としてひたすら飢えを忍んできた各部隊の生存者にとって、あまりにも大きな衝撃であった。第六飛行師団の岡本参謀が「トル河を渡ってはならない」という命令を伝達すると、希望を失って一挙に多数の死者が生じたのである。

第七十七戦隊からは二七、八人の操縦者がホーランジアに派遣された。地上部隊も合わせると我が戦隊の派遣総数は二〇〇人くらいだと思う。そのうち帰還したのは二人である。帰還した操縦者はゼロである。思い出深き先輩方、仲がよかった同僚たちが全員、ニューギニアで亡くなった。

転進部隊の怒りは第三十六師団だけでなく第六飛行師団の稲田師団長にもむけられた。復員したホーランジア転進経験者のなかで稲田師団長を憎んでいない者は一人もいなかった。

「あまりにも無責任である」

というのがその理由である。

稲田師団長は、ホーランジア基地の責任者でありながら、連合軍が上陸するや、少数の幕僚と一部の飛行機操縦者を引き連れて先行し、サルミに到着するや当番兵を連れて島を脱出して部下たちを置き去りにした。

指揮官がとるべき行動ではない、と批判を受けるのは当然であろう。

生還者の沈黙

その後、サルミに残置された自活部隊を統制するため地区司令部が設けられた。その初代の司令官に斎藤武雄大佐が就かれた。その後、舟山正夫大佐、岡巌少佐、折原一郎少佐が就任されている。

生き残ったサルミの自活部隊の農業政策等が軌道にのり、自活することができるようになったのは昭和二十年に入ってからである。

以下は、このサルミの惨状をつぶさに目撃した第六飛行師団の参謀、岡本貞雄少佐が書かれた一文である。

ニューギニア北岸ホーランジアに遺棄された飛行第77戦隊の一式戦闘機「隼」。垂直尾翼基部に「7」を図案化した矢印形の戦隊マークが描かれている

当時、サルミを防衛していた第三六師団は、同地に上陸を企図していた連合軍に対しての攻勢が最高潮に達していたので、ホーランジアからの撤退部隊への地区進入には厳しく反対しました。

サルミを唯一の希望地として来た将兵は大きな衝撃を受け、体力の消耗は一気に激増し、一瞬にしてその希望を失い、残存物資もほとんどなく、一挙に多数の死者を生じた。

トル河の渡河点コエスチェンからバァハレに至る道路上には、生きながら倒れている者、餓死した将兵の目、口、鼻から無数の蛆が湧き、猛烈な死臭と蠅の群で、さながら地獄絵のような有様であった。この転進において飛行部隊のなかで生き残り、戦後復員したのはわずかに二名だけであった。

なお、ホーランジア転進から復員したのは二人とも軍曹であった。このうちの一人の御宅に私の戦友（同じ戦隊で勤務した准尉）が訪ね、ホーランジア転進の状況を聞きに行ったそうだ。しかし、少しも話してくれなかったという。戦隊の最後の状況を記録にしたいから教えてほしいとだいぶ粘ったが、その人は、

「忘れてしまった」

と繰り返すのみだったという。

この人だけではない。ホーランジアの転進部隊で生き残った人は数百人いたと思われるのだが、その体験を語ったり本を出した人がいない（あるいは少ない）。

これは、書けない（あるいは語れない）ほど現地の状況がひどかったということなのであろう。本当にホーランジア転進は地獄絵図であったらしい。

生き残った転進部隊がトル河に辿り着いたあと、耕した畑に作物が実るまで数ヵ月かかる。その間に食うものがなにもない。飢えと病によって死者が相次ぐ事態であった。そうした状況において生き残るためには、人間の肉を食べるより生き残る方法がなかった。

サルミに行って現地を見た者から聞いた話であるが、ジャングルを歩いている兵隊のリュックサックから人間の足がはみだしているのを見たという。誰も人の肉など食いたくない。しかしそれを食わなければ確実に死ぬ。生きるためにやむなく人間の肉に手を伸ばした者がいたのである。復員してからそうした状況を語りたがらないのは当然であろう。

生き残った人たちが何も語らない戦場は、太平洋戦争を通じてもそう多くはない。ホーラ

ンジア転進はその数少ない戦場のひとつである。

ホーランジアからの転進のことは、体験者の誰もが記憶から消したいと願った。そのために日本史の記録からも消えつつある。今となってはその詳細を知るすべもない。それがどれほどの惨状であったかについては、生還者の沈黙から察するべきであろう。

第六章　戦隊再編

集結

昭和十九年五月に入ったある日のこと。

いつものようにリアンの第七飛行師団司令部に行くと、

「在ニューギニア戦闘隊の生き残り操縦者は、ハルマヘラ島のミチ飛行場に展開する飛行第六十八戦隊に集結せよ」

という命令がでた、という情報を入手した。私は、

「第七十七戦隊の生き残りと合流できる」

と思って大喜びし、さっそくミチ島（ハルマヘラ島北部に隣接した小島）行きの飛行機に乗せてくれるよう頼んだ。よもやホーランジアで我が部隊が全滅しているなどとは考えもしなかった。

我々二人は司令部の軍偵に便乗してワシレ、ガレラを経由してミチ島に向かった。

ハルマヘラ島はインドネシアのモルッカ諸島で一番大きい島である。全島が山岳地形でジャングルで覆われている。人口は少ない。この島で飛行場の建設が始まったのが昭和十八年の後半からである。建設は陸軍が担当した。

飛行場建設にあたっては、物資や器材を揚陸し、道路、宿舎、倉庫などの地上施設を備える飛行師団（一個師団）の拠点基地を目指した。ニューギニアとフィリピン諸島の中間にある孤島に一個師団の航空部隊を配置し、連合軍の進攻を食い止める計画であった。

ホーランジアに連合軍殺到の気配を見せている時期に、地上部隊を入れて手作業で飛行場建設を始めようとする点に日本の戦争指導者の楽天ぶりが見てとれる。

ハルマヘラ島で日本軍が建設した滑走路の数は一〇ヵ所以上にのぼり、ニューギニア方面の部隊に対する兵器、弾薬、糧食等の補給基地として一時期まである程度の機能を果たした。

しかし、連合軍が昭和十九年五月にビアク島（西部ニューギニアの北方の島。日本軍の航空基地があった）に上陸後、八月を過ぎると周辺海域の制空海権は完全に連合軍のものとなり、それにともない物資の輸送も遮断され、ハルマヘラ島の飛行場はその機能を完全に失う。

私がミチ島に到着したときはビアク島戦の前であり、まだ輸送も閉ざされておらず、敵機の襲来もなく、島内は平穏であった。ミチ島には飛行第六十八戦隊が駐留していた。我々は早速、戦隊長の貴島俊男少佐（陸士五十期）に到着の申告をした。

当時の飛行第六十八戦隊は、ニューギニアの生き残り操縦者を中心に編成されていた。飛行機も機種が統一されておらず、

一式戦闘機「隼」

二式複座戦闘機「屠龍」

三式戦闘機「飛燕」

九九式襲撃機

と雑多であった。襲撃機とは、機銃等を装備した地上攻撃用の小型機である。戦隊に入ると驚いた。第七十七戦隊の操縦者が一人もいない。しかも集まっているのは古参兵ばかりである。後輩が一人もいないのである。西垣と私が階級も年齢も一番低く、着任早々から飯上げ（食事当番兼雑用）をやらされた。我々は、

「これはとんだところへ来たわい」

と後悔しきりの毎日であった。そして顔をあわせると、この島を逃げ出す相談ばかりした。

そんなある日、南方航空の操縦者から、

「飛行第七十七戦隊はマニラ郊外のどこかで再建中らしい」

という話を聞いた。ほしかった情報である。我々は欣喜雀躍し、

「マニラに転進し、飛行第七十七戦隊の再建に尽力したい」

と戦隊長に訴えた。戦隊長は、

「良し」

とうなずいてくれた。戦隊長の了解を得た我々はすぐに荷物を整理し、それから連日、心躍らせながらマニラ行きの航空便を待った。

マニラからアンヘレスへ

数日後、マニラ行きの九九式双発軽爆撃機に便乗することができた。ハルマヘラ島が遠ざかっていく。第七十七戦隊と合流できるという喜びと、この島から離れられるという安堵感に包まれ、気持は明るかった。

出発後、その日はネグロス島のバコロドに一泊した。

昭和十九年五月十日、マニラのネルソン飛行場に到着した。気持があせる。先輩たちに早く逢いたい。到着後、地上に降りると司令部本部まで走った。そして司令官に申告後、

「第七十七戦隊の本隊位置はどこですか」

と尋ねた。ところが、

「第七十七戦隊の消息は全く不明である」

という意外な言葉が返ってきた。その後あれこれ聞くと、

「第七十七戦隊はホーランジアに連合軍上陸後、生還者はなく、消息を断っている」

という状況だという。愕然として言葉もでない。我々二人は悄然としてマニラ湾岸の航空

寮に向かった。

(これからどうなるのだろう)

宿舎のベッドに寝転がって天井をぼんやり見つめた。

(空を飛びたい)

ふいに「隼」に乗って訓練や要務あるいは邀撃に飛び回っていた頃の情景を思い出した。

先輩や同期たちの笑顔が浮かぶ。

(楽しかったなあ)

翼をもがれた操縦者ほど虚しいものはない。想いはとりとめもなく逡巡する。

こうした辛い状況のなか、昭和十九年五月十六日、うれしい偶然の出会いがあった。

シンガポールで自動車事故に遭って入院していた同期の井本信綱君が訪ねてきたのである。

「おお、ひさしぶり」

「関と西垣じゃないか。元気だったか」

と奇遇を三人で喜びあった。ひとしきり旧交をあたためたところで、私が、

「それはそうと、ここに何しに来たんだよ」

と聞くと、

「新人さんを迎えにきたんだ」

と答えた。よくよく聞くと、井本は、

「内地から少飛十二期の二名が航空寮に着任しているので受領に行け」

と司令部から言われてここまで来たという。新人二名というのは我々二人の間違いである。司令部から戦隊に伝達する途中で行き違いがあったようだ。

「それは俺たちだよ」

と言うと、なんだお前たちのことか、とお互いに大笑いであった。

井本君の話では、第七十七戦隊はフィリピンのマニラ北方六〇キロにあるアンヘレス飛行場で再建中とのこと。新しい戦隊長には飛行第六十戦隊から吉田長一郎少佐（陸士五十期）が着任したという。しかし飛行機は現在のところ二機しかないそうだ。操縦者も二人しかいないという。

「二機で訓練をしているんだ」

さみしいもんだよ、と沈んだ表情で再建の前途が厳しいことを話してくれた。新戦隊整備の苦難はそのまま厳しい戦局を物語っていた。三人は腕組みをしてしばらく黙り込んだ。

そうは言ってもここに居ても仕方がない。とにもかくにも行こうじゃないかと我々は気をとりなおし、早速、井本君が乗ってきたトラックに同乗してアンヘレスに向かった。

アンヘレス飛行場に到着すると戦隊長の吉田長一郎少佐に着任申告をした。戦隊長は笑顔で、

「この後、部隊の再建を図るのでよろしく頼む」

と言われた。現役の操縦者二名の到着がうれしかったのであろう。

「よろしくお願いします」

と我々は元気よく応えた。

アンヘレスには約二〇人の地上勤務員がいた。この地上勤務員はニューギニアに向かう予定だったが、連合軍の進攻によりマニラから先に行けず、埠頭に逗留していたところ司令部からアンヘレスに行くよう言われたとのことであった。

彼らは我々を歓迎してくれた。飛行機のない戦隊であったが雰囲気は明るかった。皆、先行きが見えないなかで苦労を重ねながらここに来て、ようやく新しい所属と任務を得たのである。組織に属することほど安心なことはない。皆の表情は笑顔に満ちていた。

シンガポールへ

六月初旬、隊員が集められ、吉田戦隊長から、

「我々は、シンガポールにおいて戦隊を再建する」

と言われた。連合軍の制空権と制海権が日本近海に及んでいる。そのため機体だけでなく器材や資材等の補給がおぼつかない。そこでシンガポールに拠点を移して戦隊再建を図ろうというのである。行くのは操縦者だけである。地上勤務員はフィリピンに残る。二機の飛行機や機材もここに残す。仲良くなった地上勤務員たちとの別れは辛かった。

移動は空輸である。南方航空のＭＣ輸送機に便乗し、ボルネオ（現・カリマンタン）を経由してシンガポールのテンガー飛行場に向かった。

南方航空は、陸軍直轄の航空輸送部隊である。正式には「南方航空輸送部」という。開戦後の南方作戦が成功した後、陸軍は、台湾以南の占領地域を軍事的に安定させるために大規模な人員や物資の輸送が必要になった。そこで南方総軍が南方航空輸送部を新設し、空中輸送に民間航空機の活用をはじめた。それまでの民間航空会社の徴用輸送とは異なり、嘱託として陸軍部隊に編入されたのである。これが南方航空である。軍隊の一部に民間航空会社が組み込まれたかたちである。南方航空の操縦者のなかには占領地で現地採用された外人がいたり、連合軍の航空会社で働いていた者もいた。

南方航空の最盛期は職員が三〇〇〇人を超えた。航空機も五〇〇機近くあったという。その輸送範囲は広大で、五〇〇〇キロに及ぶ南方占領地域の全域を担当していた。

戦況が進むと南方航空は連合軍による攻撃によって消耗を重ねた。それでも南方航空は活動を続けて、約二〇〇〇人まで人員を減らし、飛行機も約一五〇機までに激減したところで終戦をむかえた。南方航空の操縦者の死亡率は陸軍兵の戦死率よりもはるかに高い。兵隊でもない民間人が、これほどの犠牲を払いながら任務を全うしたことに、同じ操縦者として今さらながら頭が下がる想いがするのである。

第十七錬成飛行隊

昭和十九年六月初旬、我々はパラワン島のプエルトプリンセサに一泊したあと、ボルネオのラブアン、クチンを経てシンガポールのテンガー飛行場に到着した。そして戦隊の再建にむけて精力的に動き出した。操縦者は飛行機に乗れる環境に居ないと身も心も落ちつかない。

「やっと飛行機に乗れる」

ようやく自分の立ち位置を得て蘇生する想いであった。

この後、ビルマ、タイに残留していた地上要員の整備員も逐次到着し、操縦者も第一野戦補充隊を中心に補充された。さらに飛行機もマニラとシンガポールを五回くらい往復して受領を重ねた。これにより第七十七戦隊の機数が三〇機を超えた。

昭和十九年六月中旬、スマトラのラハトに駐留していた第九錬成飛行隊が我が戦隊に合併されて戦隊の戦力が倍になった。さらに七月にはあちこちの部隊から歴戦の操縦者が第七十七戦隊に集められた。その数は徐々に増え、最終的には三五、六名までになった。死地を生き延びてきた操縦者が集まり、昭和十九年六月からシンガポールにおいて戦隊再建に力を合わせることになったのである。

やっと戦隊らしく陣容の整った昭和十九年七月二十五日、突如、第七十七戦隊は解散となり、新編成の第十七錬成飛行隊に人員、機材ともに移管され、七月末にはテンガーからセンバワン飛行場に移動した。第七十七戦隊が教育戦隊になったのである。なお、吉田戦隊長は新設の第一〇五戦隊に転属し、新しい錬成隊長には榊大尉が就任した。

新編成された第十七錬成飛行隊は第三航空軍の直轄部隊となり、学徒出身の特別操縦見習士官に実戦機の操縦を教える任務が与えられた。

錬成飛行隊はその名の通り新米操縦者を訓練する部隊である。ただしそれだけではなく、シンガポールの防衛と輸送船団の護衛もしなければならない。

錬成飛行隊という操縦者教育制度ができたのは昭和十八年である。戦局が苛烈になってきた昭和十八年九月頃、陸軍が、「昭和十九年度航空時局兵備案」を策定して操縦者の大量養成を図った。これによってこれまでの操縦教育がガラリと変わり、

操縦基本教育　練習飛行隊（教育期間四ヵ月）
分科戦技基本教育　教育飛行隊（教育期間四ヵ月）
分科戦技錬成教育　錬成飛行隊（教育期間四ヵ月）

という三段階の部隊教育によって行なわれるようになった。そして、この制度改革に伴って練習飛行隊、教育飛行隊、錬成飛行隊が昭和十九年初頭から多数編成されたのである。

まず練習飛行隊で操縦の基本を学ぶ。練習飛行隊の基本教程が終わると訓練生は各分科に分かれて教育飛行隊に進む。教育飛行隊の教育が終わると錬成飛行隊でより高度な訓練を受

けるというわけである。

我々の部隊は錬成飛行隊であるから、訓練生は単独飛行ができるレベルで来るはずである。ここでは戦闘に必要な特殊飛行を教える予定であった。

錬成教程は四ヵ月である。私は教員となって訓練生を教える立場になった。

(要は操縦のコツを教えればいいんだろう)

とタカをくくっていたが、これがとんでもない仕事であった。

八月初旬、ジャワ島から特別操縦見習士官(第一期生)二〇数名が配属された。ちなみに特別操縦見習士官を略して特操と呼ぶ。さっそく「隼」による飛行訓練が開始された。

当時、部隊には新品に近い「隼」が三〇数機あった。この三〇数機は、私を含めて数人の下士官操縦者が、マニラまで何回も往復して搬送した機体である。八月半ばには四〇機まで増える予定であった。この搬送は命がけであった。すでにフィリピン近くまで連合軍が迫っている。制空権を奪われた空を武装がない輸送機に同乗し、六時間かけてフィリピンに行く。むろん戦闘機の護衛もない。敵機に発見されれば確実に撃墜される。棺桶にのって空を飛んでいるような気持であった。

「敵機発見」

の声がいつくるかと怯え、座席に身を縮めて過ごす六時間は地獄であった。

帰路は乗り慣れた「隼」である。連合軍が制空権を握る空域を単機で帰る。いつ敵機に発

見されてもおかしくない状況なのだが、

「返り討ちにしてやる」

と一転して自信満々である。周囲を警戒しつつも鼻歌を歌いながら悠々と飛ぶ。同じ飛行機でも輸送機同乗と戦闘機操縦ではこうも気持が違うものかと思ったものである。

二人羽織り訓練

八月中旬、ジャワから特操の第二陣約四〇数名が到着し、本格的な操縦訓練が開始された。一式戦闘機「隼」二型は機体が小さいため複座に改造できない。通常の練習機は複座なので上空で教えることができるのだが、「隼」はそれができないのである。そのため地上で各種注意事項を教示しただけで、あとは単独で乗せざるを得なかった。


本来であれば、我々のところに来た訓練生たちは単独飛行ができる程度の技術を身に付けているはずである。我々はそれを前提として実戦的な特殊飛行を教えるつもりでいた。ところがいざ単独飛行をさせると、辛うじて離陸はできるのだが着陸の目測が定まらず、土手に乗り上げたり転覆したりと事故が続発した。

「これはどうしたことだ」

と教員一同びっくりであった。そして訓練が本格化すると約四〇機の「隼」の半数以上が破損する事態になった。あっという間の出来事であった。わずか一ヵ月の訓練の間に飛行機が半減してしまったのである。このため訓練と平行して実施していた輸送船団の護衛任務にも支障がでてきた。やむなく教育用の練習機を二〇機に限定し、残りの二〇機を防空と船団援護に使用することにした。

我々の元に来た訓練生は、大学生を「学徒動員」により召集し、その後に飛行機の操縦にまわされた若者たちである。採用時に見習士官であるから訓練生の段階で軍曹よりも上の階級である。部隊配属になると少尉になり、最終的には大尉になる準エリートである。

学徒動員とは大学生を大量動員する制度である。本来、大学生は二十歳になっても徴兵を延期（あるいは免除）されていたのだが、戦況が悪化して将校たちがどんどん戦場で死んでいったので、急遽、大学生を召集して幹部候補生として戦場に送り込んだのである。そして動員された大学生のなかから操縦者を養成しようとしたが、急を要するために訓練期間が極端に短くなったのである。

私たち少年飛行兵の場合は、最初の一年は立川、そのあと熊谷で二年と長い時間をかけて訓練をやってもらった。もちろん体育や教練、座学といった基礎教育期間も長かったが、操縦訓練も充分な訓練を受けた。これに対して今回来た訓練生たちは、ほとんど飛行機に乗らないで実戦部隊に配属されたというのが実状だった。

犠牲者もでた。九月四日、ジョホール水道一〇〇メートル上空において、木下勇助教（曹長）と大田見習士官が編隊飛行訓練中、大田機が長機である木下機に追突し、両機とも墜落、大田見習士官は戦死、木下助教は落下傘降下をして生還した。

九月十一日、編隊飛行訓練が終わった岩井見習士官が着陸する際、隣接のセレター海軍飛行場から飛び立った零式艦上戦闘機（いわゆる「ゼロ戦」）と空中接触し、海軍機は無事に着陸したが、岩井機は地上で転覆して機体が破損した。幸いに岩井見習士官に怪我はなかった。

発進準備中の「隼」の列線。奥の機体の胴体側面に開いた四角い穴が点検口で、ここから胴体内に入ることができた

九月中旬、中川見習士官が射撃訓練中、上空から仮想敵機にむかって急降下した際、機体が空中分解して飛行場付近のゴム林に墜落して戦死した。この事故では運が悪いことに、近くで作業していた軍属の大工さんが、上空から聞こえる異常な音に驚いて作業小屋から表に飛び出したところ、その頭部に飛行機のエンジンが命中して亡くなった。このほかにも着陸の失敗等で殉職者や怪我人がでた。

訓練で飛行機をあまりにも壊される。このままでは乗れる機がなくなってしまう。

そこで、事故の減少をはかるために手を打った。

機体を改造したのではない。教員が操縦席に座り訓練生に背後から操縦桿を握らせたのである。そのため操縦席の後ろの背当装甲板と頭部付近に設置してある防弾板を取り除き、訓練生が立膝で座るスペースをつくった。前例にない奇妙な訓練方法である。詳しく言うと次のとおりとなる。

「隼」の胴体には人が出入りできる穴がある。むろんフタがあって普段は閉めてある。機体を点検するための出入口である。訓練生がその穴から入り、空洞内を這って操縦席まで来る。操縦席まで来ると操縦席に座っている教員の背中に張り付き、左の肩側から顔をだす。そして後ろから訓練生に操縦桿と各種レバーの操作をやってもらい、教員が足で方向舵を操作しながら操縦を教えるのである。

これなら操縦がまずければ手をそえて修正できる。二人羽織のようでなんとも奇妙な光景であったが効果はてきめんであった。これを始めてから事故が激減したのである。訓練生も降下速度などがわかったようだ。事故が極端に少なくなった。

こうした訓練を行なうなか、船団護衛や特命もあって多忙を極めた。私に関してはシンガポールで訓練をやっているよりも前線にいることのほうが多かった。とくに私の部隊はシンガポールにある第三航空軍の直轄部隊だったので何かと都合よく使われた。あそこに行け、あれとこれをやってこい、誰それを運べなどとしょっちゅう命令が下った。

なぜかそうした命令は私がよく受けた。そのたびに私は派遣隊を編成してボルネオやジャャワなどを行ったり来たりしていた。それが連日であった。私の飛行ルートはとてつもなく広がった。南洋諸島のあちこちの島を本当によく飛び回った。そのため当時の操縦者のなかでも飛行距離では誰にも負けていない自信がある。

操縦者は乗ってなんぼの世界である。飛行時間の多寡が腕に直結する。飛行時間が多ければ多いほど操縦技術はあがり、練度が増す。私はこの時期の雑用や船団護衛によって経験を積み、少しずつであるが自分の操縦に自信を持ち始めた。

昭和十九年八月頃になるとシンガポールの海域でも潜水艦の出没が増え、船団護衛の要請が多くなった。船団護衛は輸送船を上空から警戒して敵の潜水艦から守る任務である。

船団の上に到着すると、一番高い上空を「隼」が飛び、その下を九九式襲撃機が飛び、一番低空を海軍機が飛ぶ。三段に分けて旋回しながら船を守るのが我々の方式であった。この船団護衛は月に五、六回やった。幸いに私が警戒したときに船団に被害を出すことはなかった。

それにしても船団は大変だったであろう。飛行機なら一時間くらいで飛ぶ距離を丸一日かけて航海するのである。しかも狼の群れのようなアメリカの潜水艦にたえず狙われている。そして発見されれば容赦なく沈められる。すでに膨大な数の輸送船が沈められ、多数の犠牲者がでている。

上空から、

九九式襲撃機。低空から敵地上部隊を攻撃する機体で、固定機関砲を装備、降下爆撃も可能な軽快な運動性が特長だった

「船は大変だな」
といつも思いながら見ていた。

「隼」雑記

船団護衛に「隼」は適任であった。航続距離が長いからである。「隼」は上手に操縦すれば七時間くらい飛べる。だいたい速度は三五〇キロ位だから、七時間飛べば二〇〇〇キロは楽に飛べるのである。

しかし、操縦者がもたない。

「隼」の操縦席はものすごく狭い。席にすわって操縦桿とレバーを持つと両側は一分の隙間もない。上は頭すれすれに可動式の風防で覆われている。足元もペダルを操作するだけのスペースしかない。

今の旅客機のエコノミー席にすわって操縦しているのと同じである。

その狭いスペースで操縦、計器操作、航法確認、索敵、戦闘、射撃などの操作をすべて一人で行なうのである。疲れるのは当然だろう。快適性を追求した今の車の運転であっても、

二、三時間も運転すると疲労を感じる。硬い椅子、狭い機内、防音も防寒設備もない、ただ飛んで戦うだけの機能しかない戦闘機の操縦が疲れないわけがない。

そのため通常はだいたい三時間ぐらいしか飛ばない。三時間というと一〇〇〇キロである。東京の立川飛行場から福岡県の雁の巣飛行場までがだいたい一〇〇〇キロである。洋上飛行の場合は八〇〇キロぐらいが限界だろう。

遠距離を飛ぶときは増槽をとりつけて飛ぶ。飛行途中、増槽の燃料がなくなると、機体燃料に切り替える。そのときは島にある飛行場の上空で増槽を切り離した。増槽を再利用するためである。

航法で使うのは五万分の一の地図である。この地図と分度器と羅針盤で目的地を目指す。島伝いに行くとはいえ洋上の航法はむつかしい。一歩まちがえば方位を失ってとんでもない方向に飛んだりする。ただし私はなにかと用事を仰せつかってあちこち飛んだため、飛行距離が同じ年代の操縦者よりも飛躍的に延びていた。そのためマレー付近は目をつぶっても飛べるぐらいに知り尽くしていた。

何度も言うが、「隼」は通称名である。正式には一式戦闘機という。我々は「隼」と呼ぶこともあったが、「一式戦」と言うことのほうが多かった。

「隼」に乗るときは左翼に足をかけて乗り込む。操縦席に座るときは落下傘が座布団代わりになる。「隼」の座席は座る部分がへこんでいる。そこに畳んで収納された落下傘を置き、落下傘に付いているベルトを締める。椅子と体は固定しない。空中で飛行機が真っ逆さまになって墜落するとき、風防を開けると落下傘ごと体が落ちて助かるという仕組みである。

「隼」のエンジン始動は始動車を使う。始動車の操作は整備兵が行なう。

「まわしてくれ」

と操縦者が手で合図すると、整備兵が前から始動車でプロペラをまわし、整備兵が、

「点火」

と言うと操縦者がスイッチ(点火開閉器)を入れてエンジンを点火する。始動車がない飛行場では整備兵(一人)がエナーシャ(クランク状の金属製工具を胴体下からさし込んで回す「はずみ車」)を使って始動する。

始動車が離れるとエンジンの馬力を挙げるレバーをゆっくりと押す。出力レバーは操縦席の左側にある。このレバーは練習機では引くが、「隼」は押して回転数をあげる。

操縦桿は棒状で股の間から出ており、操縦桿の上に空戦フラップの開閉ボタンがあり、射撃スイッチは出力レバー(スロットル)についている。

「隼」の照準器はガラス板が一枚目の前にあるだけである。スイッチを入れるとそのガラスに十字マークが出る。その十字に敵機をあわせて射撃する。普段は視界を妨げないように十字マークは消してある。

弾を装填する場合、曳光弾(射撃すると外部の火薬が発火しながら飛ぶ。弾の方向を見るため

トラックを改造した始動車の回転棒をプロペラ・スピナー先端に接続、自動車の動力でプロペラを回してエンジンを始動する「隼」

の弾）を何発に一発入れるかは自分で決める。私は五〇発に一発くらい入れた。

敵機攻撃で有効なのは「マ弾」である。通常の弾は徹甲弾なので当たっても突き抜けるだけで終わるが、「マ弾」は一三ミリの弾の中に火薬が入っているため命中すると爆発する。エンジンに当たれば一発で破壊することができた。理想としては三〇発に一発くらい「マ弾」が入っていると効果的であった。私が乗った最初の頃はそれくらい入れていたが、南方にいってから何ヵ月かすると補給がなくなって入れることができなかった。

「隼」の一三ミリ機関砲はエンジンの上にふたつ左右に並んで設置してある。弾を最大に装填すると片方に五〇〇発入る。両方で一〇〇〇発が最大の弾数である。作戦が終わって帰還すると整備兵に指示して弾の入れ替えを行なう。この場合、弾を最大まで入れることはまずない。重くなるからである。だいたい片方二五〇発、両方で五〇〇発が私の標準であった。この片方二五〇発でも相当多い弾数である。

太平洋戦争で行なわれた空中戦闘は基本的にはすれちがい戦である。五〇〇メートルが最接近距離になるのだが、速度三五〇キロから四〇〇キロで降下を始め、大型機にむかって五〇〇メートルの距離から撃ち始めて離脱するまでは一瞬である。そのときに撃てる弾数は一挺で約五〇発である。両方で一〇〇発が最大発射数となる。全弾（片方二五〇発）撃つとなると、もう一度高度を取り直して敵を攻撃し、これを五回繰り返さなければならない。実際には、そうそう敵機を発見できるものではないし、仮に発見したからといって簡単に高位をとれるわけでもない。一回の出撃で何回も攻撃できるケースというのはまずない。したがってそれほどたくさんの弾を積む必要がないというわけなのである。

少飛、特操、下士

陸軍航空部隊の主力操縦者は少飛出身が多い。少飛は、十代で航空学校に入校後、厳しい訓練を重ねて二十歳前後で戦線を飛び回る。命知らずの連中ばかりであった。敵機を墜とすことしか考えていない。最初から命を捨ててかかっている観があった。当然、戦死する者も多かった。その少飛の立場から見ると、陸軍士官学校出身の将校や前記した「特操」あるいは「下士」出身の操縦者は頼りなく見えることがあった。

「下士」出身は、二十歳の徴兵（あるいはそれ以前の志願）によって軍隊に入り、普通の兵隊から航空部隊を希望して操縦の練習を始め、二十六、七歳で実戦部隊に配属された人たちである。大人になってから操縦の訓練を受けたため、少飛出身と比べると技術が劣る操縦者が多い。特操出身や陸士あがりも、十代から操縦を叩きこまれた少飛と比べると総じて操縦技術は低かった。陸軍航空部隊の主力は少飛出身者が担っていたことは厳然たる事実である。

その少飛出身の操縦者がよく腹を立てていたのは、普段はいばっていながら、いざ戦闘となると射撃距離に入っていない場所で弾を乱射し、帰隊後、

「全弾発射異常なし」

と指揮所で報告をしていた将校操縦者に対してである。この手の連中は、被弾の可能性がある危険空域に近づかないのである。そして、いざ戦闘がはじまると戦闘空域からいなくなってしまうこともしばしばあった。そのため、

「なにやってんだ、あいつら」

とよく我々は不満を言っていた。

しかし、今はそうは思わない。将校や下士出身者は家庭持ちが多かった。妻帯していなくても恋人や許嫁がいることが普通であった。愛する者や子供が居れば慎重になるのは当然である。

その点、異常なのは我々のほうだった。少飛出身は独身で二十前後の若者である。敵機を落とすことだけを考えて目の色を変えていた。分別ある者から見ると「気狂い連中」と映っていたかもしれない。

とはいえ我々少飛出身も無茶ばかりしていたわけではない。私が戦線の主力操縦者になったときには戦争も終盤であった。連合軍が攻勢をかけてきた時代である。敵の戦闘機の数がとにかく多かった。こちらが一機か二機で飛んでいるところ、向こうはその一〇倍以上の数で飛んでくるのである。とても戦える状況ではなかった。正直に言えば、敵の戦闘機からは逃げるので精一杯であった。そのため戦闘機同士の格闘戦は一〇回もやっていない。しかもどれも一瞬の攻防で終わった。戦闘が長引けば敵機に囲まれてたちまち撃墜されるからである。我々の時代はロッテ戦法による爆撃機への攻撃が主体であった。そしてこれもまた数秒の攻撃で終わる瞬間の戦闘であった。

防弾鋼板

装備のことにも触れておく。第七十七戦隊は、立川飛行場で操縦席の頭の後ろに一三ミリの防弾鋼板を付け、背中には九ミリの防弾鋼板を取り付けた。これがあれば後ろから撃たれても弾が跳ね返るという計算であった。しかし、せっかく付けてもらった防弾鋼板であったが、すぐにはずしてしまった。無用の長物だからである。実際の戦闘で後ろから敵機に撃たれるような状況になれば、そのときはもうダメなのである。後につかれる前に敵機を見つけ、先に攻撃をかけなければ勝負には勝てない。後ろにつかれて被弾すれば必ず撃墜される。防弾鋼板のおかげで命が守れるなどという状況は絶対にない。敵機に背面をとられたときは勝負はすでに決まっているのである。

取り付けられた防弾鋼板の重さはゆうに人間一人分の重さがあった。飛行機は重くなると操縦性能が悪くなる。「隼」の強みは軽快性にある。俊敏な動きができなければ重装備の敵に勝てるはずがない。だからなるべく余計なものはのせたくなかったのである。

その後、無線機も載せた。当時の日本の無線機はまったくお粗末であった。一〇〇キロくらい飛ぶと地上からの通信が聞こえない。それでも飛行機同士だと話はできた。しかし飛行機同士で話をするようなことはほとんどない。それよりも敵機の位置などの情報を基地からもらいたいのだがそれは通じない。結局、

「これは使えない」

という結論に達し、搭載した無線機もはずした。とにかく無駄なものは全てはずし、可能な限り軽くして飛んでいた。

「隼」は正式には一型、二型、三型があった。第一線には二型が多く配備されていた。一型はつかっていなかった。三型は数が少なく一、二機ある程度だった。

二型は排気管をひとつにまとめてあったため消音効果があったが、三型は馬力をあげるた

めにエンジンの気筒（九個）ごとに排気管がつけられていた。ひとつの気筒にひとつの排気管があるため音がものすごくうるさい。着陸しても耳が聞こえないほどであった。エンジンの音があまりに大きいため耳栓をしていた。しかも煙を大量に吐く。煙くて操縦が嫌になった。やはり二型が一番乗りやすくて良かった。

海軍と陸軍

私がシンガポールのセンバワン飛行場にいたときのことである。海軍は同じ地区のセレター軍港に飛行場を持っていた。そして敵機が来ると陸軍と海軍で邀撃にあがるのだが、そのときに一切連絡はとらなかった。おそらく上層部がまったく連絡をとっていなかったのであろう。当然、我々兵隊も海軍と連絡をとることはなかった。

海軍との関係性が悪いため海軍の飛行機のこともあまり知らなかった。さすがにゼロ戦などの有名機は知っていたが、新しい機は知らなかった。たまに「海軍の新型機に関する情報」の回覧が来て、

「ああ、これが海軍の紫電改か」

などと見ることはあったが、海軍との交流がないために実物を見たことはなかった。

空中での識別は飛行機の実物をあらかじめ見ておかないとできない。邀撃であがったときに見慣れない飛行機を見て、

「敵機だ」

と攻撃しようとすると、日の丸を見て、

「ああ、海軍の飛行機か」

シンガポールのセンバワン飛行場の第17錬成飛行隊で新米操縦者の教育と防空任務に就いていた頃の写真。前列左端が関

と気づいたことが何回かあった。この関係は終戦まで続いた。

よく言われるとおり、陸軍と海軍の関係は悪かった。私も、

「なんかあっても海軍の飛行場には降りるな」

と幹部や先輩から言われていたため、立川にむかう途中、油漏れで緊急着陸するときに無理して陸軍の飛行場まで行った。これは国内だけでなく、南方にある海軍の基地にもなるべく降りないようにしていた。

緊急の場合には海軍の飛行場を使うことはあったが、そのときも整備などの手助けは一切なかった。おそらく海軍のほうも、

「陸軍の飛行場には降りるな」

と言われていたんだろうと思う。

陸軍のセンバワンと海軍のセレターは隣り合わせの飛行場だったが、敵機が来ても別々に邀撃して何の連絡も取り合わない。海軍の情報網は陸軍よりも発達していたはずだ。陸軍のほうが戦闘機の機数が多かったと思われる。海軍と陸軍が作戦を練り、情報を共有し、協働して邀撃にあたっていれば、もっと戦果があったと思う。しかし海軍はなんの情報もくれず、陸軍の敵空襲に関する察知は鈍いままだった。

「これでは勝てないな」

というのが私の実感であった。

第七章　防空戦

シンガポールのB－29邀撃戦

昭和十八年八月十一日、スマトラ島のパレンバンにB－29による初めての空襲があった。これを受けて第三航空軍から当隊に対し、シンガポールの防空強化と、シンガポールとサイゴンを往復する油送船団の護衛を命じられた。この命令を受け、我が隊はマレーのクワンタンとコタバルを拠点基地として任務にあたり、終戦までに十数回にわたる船団護衛を実施した。ちなみに一回の護衛に当たる出動機は三機から四機であった。ただし訓練中の事故多発により、作戦に使える機は一〇機ほどしかなかった。

九月末、無事（無事でもなかったが）に特操の操縦教育が終了した。混乱を極めた操縦訓練であったが、特操一期の見習士官たちは十月一日付で少尉に任官し、一部を残して新しい任地に旅立っていった。卒業生のうち、最初に部隊配属になった約二〇人の特操はそのまま我が部隊に配属になった。

十月に入るとシンガポール方面に対するB－29の出没が頻繁になった。B－29はボーイング社が開発した超大型爆撃機である。四発（四つのエンジンと四つのプロペラのこと）の大型機である。高速で飛び、後続距離も長い。五〇〇〇キロ以上はゆうに飛ぶ。東京からサイパンまで約二四〇〇キロであるから往復が可能である。武装も厚い。二〇ミリ機関砲のほかに一三ミリ機関銃が死角なく一二挺配置してある。一機の定員は一一名である。操縦者二、偵察員（航法担当）一、爆撃手一、レーダー担当一、機上機関士一、通信士一、一三ミリ機関銃射手四である。防御も堅く、防弾板が機体を覆っている。ガソリンタンクの内側には厚いゴムが張ってあり、銃弾でタンクに穴が空いても自然と閉じる仕組みになっている。エンジンには過給機が装備されている。この過給機で空気を圧縮してエンジンに送る構造を持っているため、高度一万メートルで飛んでもエンジンの馬力が落ちない。日本の飛行機が到達困難な成層圏を長時間飛行することができるのである。

十一月一日午前十一時、高射砲の炸裂音がした。北方の上空を見るとB－29が単機でシンガポール市街地に侵入していた。偵察であろう。空爆のための計測と写真を撮っているのである。

「さあ、きた」

と当隊から五、六機が邀撃のため空にあがった。そのうちの一機は私である。愛機に飛び乗って五〇〇〇メートルまで上がった。エンジンが焼ききれんばかりのフル回転である。

高度五〇〇〇メートルで、

「どこだ」

と敵の機影を探す。望見するとB－29は上にいる。

「よし」

と、すぐに高度をあげて六〇〇〇メートルを越えた。敵機はさらに上空の七〇〇〇メートルにいる。これに追いつこうとまたもや高度をあげた。

そのとき「隼」には酸素を積んでいなかった。五〇〇〇メートルを超えたあたりから急激に息が苦しくなった。頭がぼうっとする。意識が薄れ、半分眠ったような状態になる。自分が今何をしているのか、これから何をしようとしているのかがわからなくなる。酸素が少ないのだ。

「これはいかん」

とあきらめて帰還した。降りるとすぐに、

「酸素ボンベを積んでくれないか」

と整備兵に頼んだ。その後、すぐに対応してくれて酸素ボンベを積んでくれた。ところがこのボンベが重かった。人間一人分くらいの重量がある。一人乗りの戦闘機にもう一人乗っているようなものだ。飛行機の操縦性能に大きな悪影響を与えた。五〇〇〇メートルまであ

がると機体が重くて思うように動かないのである。そこで、

「もっと、いいのないか」

とお願いしたら、一ヵ月ほどで小型の酸素発生剤を作ってくれた。これがありがたかった。

新型酸素ボンベは人差し指と親指でわっかをつくったくらいの太さで、長さが一メートル半の筒である。それが座席の左側に設置された。

スイッチを押すと、そのボンベから細いチューブを経由して酸素マスクに酸素が一時間半くらい流れる。戦闘時間からして充分な時間である。それがついてからは高度七〇〇〇や八〇〇〇に上がっても戦えるようになった。酸素があるから呼吸が楽になったのである。

空中戦闘の敵は敵機だけではない。血圧との戦いでもある。急降下をして急激に機体を引き上げると人間の血が全部下がってしまう。こうなると目の前が真っ暗になってなにも見えない。意識も遠のく。気を失っている状態になるのである。

なお、空中戦闘をして後ろにつかれたときには、めいっぱい操縦桿を引いて急旋回するが、このときも血液が腹のほうにさがって目がしばらく見えなくなる。普通はすぐに意識がもどって見えてくるが、回復せずに失神したままになれば墜落して命を落とすことになる。低血圧に対する機能回復は体調が悪いと遅くなる。そのため体調管理には気を遣った。充分な栄養と睡眠をとることが大切であった。疲労の蓄積が最大の敵になるのである。

B－29が飛来するときの高度は約七〇〇〇メートルである。これに対して「隼」は性能上

は一万メートルまで上がれるとされていた。しかしこの頃になると機体が古くなっていたため、九〇〇〇メートルまであがると少し機体を傾けただけで自然と降下していくような状態になっていた。エンジンが老朽化して十分な出力がでないのである。

昭和十九年十一月五日、午前十時、B－29が襲来した。これまでは偵察であった。今回がシンガポール方面に対する初の本格的な空襲であった。

この日、パンカランブランタンに対する空襲と前後して、シンガポール地区にも約三〇機以上のB－29が飛来し、午前十時十五分頃から約一時間にわたってセレター軍港に空襲をかけた。

直ちに当隊から九機が邀撃にあがった。私も一気に七〇〇〇メートルまであがる。そしてここではじめて同空域でB－29と対面した。

「でかい」

空の要塞といわれた超大型爆撃機である。銀色の機体がまばゆいほどに輝いている。

「よし」

と気合を入れ直して攻撃をかけようとしたとき、B－29の編隊は急上昇をしてあっと言う間に離脱していった。速度が劣る「隼」は全く追いつくことができない。

「くそっ」

と歯噛みしたがどうにもならない。やむなく攻撃を断念した。

この日の邀撃では三機のB－29に損害を与えたという報告がされた。渡辺義春伍長（十一期）が未帰還であった。

以後、インド方面からシンガポールにB－29が押し寄せるようになった。我々も準備を整えて待ち構え、

「敵機飛来」

の連絡が来てから急いで上がるが間に合わない。情報が遅いのである。邀撃回数は日に日に増えていく。しかし敵機発見に至らないことが多く、仮に見つかっても追いつかない。

「これではどうにもならん」

と悔しがる日々が続いた。

山尾隊の大戦果

昭和十九年十二月一日、第三航空軍司令部から当隊に、

「ボルネオのブルネイ油田の防空にあたれ」

という命令があった。拠点基地はミリ飛行場である。派遣人員は操縦者三人とされた。その他に地上勤務員一〇数人が同行する。派遣隊長には寺井実少尉がなり、操縦者は、

山尾少尉

西川軍曹

金沢伍長

となった。飛行機は予備機もいれて四機派遣された。これが通称「山尾隊」である。この隊をぜひ記憶していただきたい。陸軍史に残る大戦果をあげた三人である。

米陸軍の重爆撃機コンソリデーテッドB-24「リベレーター」。爆弾搭載量4トン、航続距離約3500キロ、機関銃10挺を装備

とくに私の同期である金沢伍長の戦果がすさまじい。山尾隊は二月末までに約三〇数機のB－24を撃墜、撃破し、その功労により「武功章」を授与されている。「山尾隊の大戦果」と言われる陸軍航空部隊の活躍である。

山尾隊が活躍できたのは三つの要因がある。そのひとつは「タ弾」を使ったことによる。

「タ弾」は親子爆弾である。大型機を落とすために開発された新型爆弾である。編隊飛行を組む敵機の前に落とすと、爆弾の外側に入っているスジが開き、中に入っている二〇発以上の子供爆弾がバラバラと落ちて編隊の前をふさぐ形で大きく広がる。そこに敵機が突進してくると機体に当たって爆発するという仕組みである。これがうまくいくと一回の爆弾投下で三機くらい落ちる。山尾隊はこの「夕弾」を使って何機も落としたのである。

要因の二つ目は、B－24に戦闘機が帯同していなかったことである。戦闘機が来なかったのは後方基地が遠かったからである。B－24爆撃機はフィリピンから飛んできていた。フィリピンからミリ飛行場までは一〇〇〇キロ以上ある。二〇〇〇キロしか飛べない敵戦闘機（グラマンF6F、P－47、P－38など）の航続圏外だったのである。そのため山尾隊のもとには大型機であるB－24だけで飛んで来た。油断もあったはずである。日本航空部隊の戦闘機の数も消耗して機数が乏しい。飛行機の進化もめざましい。「隼」や「ゼロ戦」はすでに旧型機になっていた。古くて数が少ない日本機など恐れるに足らないと思ったのは当然である。そこに「夕弾」が投下された。そして山尾隊の三人も驚くほどの撃墜数となったのである。

山尾隊の次に私もミリに入った。しかしそのときは敵も警戒し、遠くから海岸線を低空で飛んできた。低空であれば「夕弾」が使えないからである。そのため私は「夕弾」を使う機会がなかった。

三つ目は操縦者の精神力である。度胸と言ってもいい。

山尾隊の活躍は部隊でも話題で持ちきりになった。その話を総合すると、山尾隊の三〇機近い撃墜のうち二〇機以上を金沢伍長が落としている。この活躍で金沢君は陸軍を代表するトップエースにのぼりつめた。山尾少尉と西川軍曹も落としてはいるが、それほどでもない。この二人のことはほとんど噂にならなかった。山尾隊の戦果のほとんどが金沢伍長の撃墜であったといっていい。

敵機を撃墜できるかどうかは、結局は技術ではない。度胸である。覚悟と言ってもいいかもしれない。爆撃機は弾幕を張ってわが身を守ろうとする。その弾の雨のなかに突っ込んでいけるかどうかで勝負は決まる。よく、邀撃から降りて来て、

「二機撃墜したよ」

などとうまいことを言う者がいる。しかし、敵とぶつかるようにして戦ってきたかどうかは降りて来た機体を見ればわかる。爆撃機の弾幕はすさまじい。それを一か八かかいくぐって敵機に弾をあてようとする場合、必ず機体に弾が当たって穴が空く。無傷で戦果をあげることなどあり得ない。降りて来た機体を見れば、どんな戦闘を行なって来たのかは明白なのである。

空中戦闘は、基地の上で行なわれて下から見ていても、よく見えないことが多い。そのため撃墜数については申告した機数がそのまま記録されることがある。世に喧伝されている「撃墜王」と言われる方々の撃墜数が嘘だとは言わないが、かなり水増しした数になっていることは否定できない。

しかし、金沢伍長の撃墜数については間違いない。私も金沢君自身から撃墜の状況を聞いたし、機体に被弾して不時着をしたりもしている。さらに「武功章」も授与されている。武功章とは「陸軍武功徽章」のことである。明治以降の日本軍人にとって最高の賞が「金《きん》

鵄《し》勲章」である。この「金鵄勲章」は本来は生存中の者に出されていたが、太平洋戦争が始まってからは戦死者だけに与えられる賞になった。しかし陸軍では、長期化する戦線の士気高揚を図るため、昭和十九年十二月から、武功ある陸軍軍人に対し「金鵄勲章」に匹敵する新たな勲章を与えることにした。これが「陸軍武功徽章」である。この「陸軍武功徽章」は階級に関係なく抜群の武功を立てた者に与えられた。「金鵄勲章」は認定までに相当の日数がかかるが、武功章は士気高揚を目的としているため比較的早く交付される場合が多かった。

金沢君の撃墜数は正式な記録に残っていて明白である。しかもその撃墜数は他者の撃墜数とは桁が違う。しかしこれほどの活躍をしながら山尾隊のことはあまり世に知られていない。金沢君とは同期で仲がよかった。気分のいい一本気な性格であった。武功章をもらっても自慢などしなかった。山尾隊の活躍のことを言われても、

「たまたまだよ」

と言うだけで誇ることもなかった。金沢君は戦後まで生き残り、私と一緒にレンパン島に行ってともに苦労を重ねた。神戸出身で、阪神淡路大震災のときに、

「うちもやられちゃったよ」

と自宅に被害を受けたことなどを電話で話した。淋しいことに最近亡くなった。

「馬乗り戦法」「体当たり戦法」の真実

余談であるが、これも言っておきたい。

陸軍の操縦者の記録を読むと「B－29に馬乗りになって撃墜した」とあったり、「体当たり攻撃で撃破した」などと書いてある。こうした記録を見るとそうしたやり方が戦術としてあったかのように読み取れる。しかし陸軍独自で「馬乗り戦法」や「体当たり攻撃」などを行なった事実はない。実際に馬乗り状態になったり、敵機にぶつかって墜とした例はたくさんあるが、そのほとんどは「技術未熟」によって偶然そうなっただけなのである。

大型機に攻撃をかけたときに難しいのは離脱である。特に後ろ上方から攻撃を仕掛けると、操作が遅れて後からのっかってしまう場合がある。これが馬乗りと言われる状態である。本当は敵機の上方に離脱しなければならないのだが、射撃に夢中になって離脱のタイミングを逃してしまう。そうなると機体が止まらずに敵機の上にのってしまうのである。その結果、敵機に損害を与え、それが個人の記録に残るときに「馬乗り戦法」などという言葉を使って称揚されるのである。

前上方から攻撃をした場合には敵機と接触することがある。この場合には「体当たり攻撃」などと記録される。実際にはぶつかっただけなのに、あたかも自らの意志で体当たりを敢行したかのように記録されて後世に残る。撃墜、撃破の記録のなかで機体が敵機に接触したものの多くは、早く離脱操作をしていれば抜けれたのに、それができずにぶつかったり、のっかったりしたケースだったと言っていい。

しかし全部が全部ではない。私の同期には、長機である部隊長が体当たりを敢行したため、僚機であった自分もその後に体当たりを敢行し、落下傘降下をして生還した者もいる。撃墜、撃破記録の実相は様々なのである。

ただし、たまたま乗っかったり接触した場合であっても、撃墜（あるいは撃破）の記録が否定されるものではない。敵機に果敢に攻撃したという事実は動かないからである。

撃墜、撃破するには、敵機にギリギリまで近づいて攻撃をかけなければならない。死ぬことをおそれて戦場から逃げる連中もいるなかで、死の恐怖を奥歯で噛み殺しながら全速攻撃をかけたからこそ、結果的に撃墜、撃破できたのである。結果が弾によるものか、あるいは事故によるものかはどうでもいいのである。空中戦闘の記録に出てくる操縦者たちは、「国を守るために死を恐れずに戦った空の兵士たちの記録」という評価をもって見るべきであろう。

遅すぎる警報

昭和十九年一月、ガダルカナル島戦（ソロモン諸島）から始まった太平洋戦争の地上戦は、ニューギニア、パラオを経てフィリピンに移り、第三航空軍の戦闘機部隊の大部分がフィリピンに投入されたため、錬成飛行隊に防空と船団護衛の任務が付与される状況になっていた。

そのため錬成飛行隊は、昭和十八年の暮れから正月にかけて、三から四機編成でクワンタン沖の船団護衛に従事していた。おおむね午前十時から日没までが我々の責任時間である。僚機と交替をしながら船団の上空を大きく旋回して警戒にあたる。海の上を何時間も同じ姿勢で飛行するのは非常に苦痛であった。

日没になると基地に戻る。夜は海軍の駆逐艦「神風」が対潜水艦の哨戒を行なった。翌日の早朝、我々は船団を求めて再び洋上を飛行する。無事であれば前日の航行位置から飛行機の速度で約一時間ほど前方に居るはずだ。

「果たして無事か」

と目を皿のようにして探す。

「いた。よかった」

と、無事だった船団の姿を見つけたときは嬉しいものであった。

この頃のシンガポールには、インド方面から来るB－29の爆撃が激しく、残った我々は毎週のように邀撃に当たっていた。B－29は数機ずつ梯団になってシンガポールのセレター軍港を目標に波状攻撃を仕掛けてきた。延べ機数が五〇機以上に及ぶこともあった。

空襲の情報が入ると、

「よしきた」

と張り切って邀撃にあがるが戦果なし。来襲のつど邀撃に上がり、なんとかして敵編隊に攻撃をかけようとしたが、空襲の情報が遅いため有効な攻撃ができない。おいすがって全弾

米軍が対日戦に投入した爆撃機ボーイングB-29。9トンの爆弾を搭載して約4800キロを飛行。日本本土に加え、満州、南方の日本占領地も爆撃した

撃ったりもしたが有効弾がない。この時期にB－29邀撃に一〇回以上あがったが、戦果はいっこうにあがらない。

「くそっ」

と操縦席で切歯扼腕する日々が続いた。

昭和二十年二月一日、この日、海軍のセレター軍港に巡洋艦が二隻入っていた。それを爆撃するために二〇機以上のB－29が襲来した。

セレター軍港には軍艦の修理用ドックもある。連合軍にとって潰さなければならない大規模な軍港であった。そのとき隊では訓練による事故で飛べる機が少なかった。

操縦者は隊に着任すると自分の飛行機が決められる。

「おまえはこれだ」

と配属先の部隊からもらうのだが、シンガポールに特別操縦見習士官が来てからは、四〇機以上あった機が半減したため、それ以降は早い者勝ちとなった。

空襲警報が鳴る。猛ダッシュして操縦席に乗り込み離陸する。遅れれば飛行機が無くなって邀撃に参加できない。ただし、遅れても私の飛行機が無くなることがなかった。整備担当下士官で同期の川島が、私のために整備済みの機を確保してくれていたからである。そのため出遅れて全機出てしまったと思っても、川島が、

「おい関、残してあるぞ」

と言ってくれた。私はそれに乗って邀撃にあがるのである。そのため邀撃回数は私が隊で一番多かった。川島には、

「同期の関にがんばってもらいたい」

という思いがあったに違いない。私もなんとかして川島の期待に応えたいと思った。

単機邀撃

二月一日も川島が用意してくれた機に乗って邀撃に上がった。その日は特に整備済みの機数が少なく、結局、当隊から出撃したのは私だけであった。「隼」一機による邀撃戦である。今思えば無謀というほかない。通常であればあがるだけあがって時間を稼ぎ、B－29が通過した後に降りてくればことなきを得るのだが、血気盛んだった私にそんな気はさらさらなか

発進直前の一式戦闘機「隼」2型。最高速度約550キロ／時の「隼」に対して
B-29は約640キロ／時。高空を高速で飛来するB-29の邀撃は困難を極めた

った。

これまでの例だと「空襲」の情報ではなく、地上基地から撃つ高射砲の音で空襲に気づき、上空で爆発する高射砲弾の煙で敵機の位置を知るのが通例であった。しかし、高射砲が撃ち始めてからあわてて上がってもB－29は通りすぎて上空にいないのである。情報が遅いために戦争にならないというのが実情であった。

前にも述べたが、「隼」は一応一万メートルの高度で飛行できる性能をもっている。しかしエンジンも含めて機体が老朽化し、実際の飛行高度は九〇〇〇メートルがやっとであった。

しかも九〇〇〇まであがるとすこし機体をかたむけただけでズルズルと高度が落ちていく。酸素が薄い高高度では、より高い出力でプロペラを回さないと機本来の性能を発揮できない。本当であれば飛行機は消耗品であるから、連合軍のように定期的に新品と交換しなければならないのだが、哀しいかな日本の国力ではそれができず、古い機を修理しながらなんとか使っているという状況であった。そのため私の機も高高度になると馬力不足が生じて様々な支障が生じるのである。

　この古い機体でB－29に対抗するには、上空であらかじめ待機して、敵機が飛来してきたところを前上方から攻撃する以外に方法はない。それがわかっていながら空襲警報が遅いがためにできなかった。

　ところが、二月一日の情報は早かった。

「空襲」

の一報がクアラルンプールから入ったのである。そのため私は敵機が到着する前にジョホール水道のマレー側上空六〇〇〇メートルで待機することができた。初めて巡ってきた好条件であった。

　周囲に海軍機はない。単機である。快晴で遠くまで見える。一片の雲もない。

「よし、いける」

とつぶやいた。今日こそ一撃をくらわしてやる。そう念じて敵機を待った。

「おちつけ」

自分に言い聞かせた。そう思いながら歯はガチガチ鳴り、体が小刻みに震えた。大型爆撃機の編隊に単機で挑むのである。怖くないはずがない。射撃スイッチを親指の腹でそっとな

「隼」2型の13ミリ機関砲の弾倉と弾体。「隼」の武装は機関砲2門だけで、爆撃機の邀撃には火力不足だった

でた。「隼」の武装は二門の一三ミリ機関砲である。この二門だけが頼りであった。

これまで一〇回以上の邀撃にでてわかったことがある。それは、上方から攻撃しても防弾が厚くて一三ミリ機関砲では墜ちない。正面からエンジンを撃ち抜かない限りB－29を撃墜することはできないということであった。

「隼」は旋回性能が高く戦闘機との格闘戦を得意としている反面、急上昇や急降下の速度が局地戦闘機よりも劣るためB－29のような大型爆撃機の攻撃にはむかない。

火力も一三ミリ（正確には一二・七ミリ）機関砲が二門しかない。装甲も薄いため被弾する

とひとたまりもない。飛行速度もB－29の方が数十キロ早いため後ろから行っても追いつかない。よって、

「真正面から行かない限り落とすことができない」

というのが私の結論であった。敵機飛来前から上空で待ち受け、前上方から目標の前に出て真正面から弾を打ち込んでこそ効果がある。B－29を落とすにはこれしかないと確信していた。正面衝突を辞さない方法である。それを成功させるのは不可能に近く、自殺行為に等しかった。しかし、私はそれをやる気であった。そして、その機会を根気よく待った。

二月一日のこの日は、そうした状況がすべてそろっていた。絶好の機会が訪れたのである。

「さあ、こい」

操縦桿をもつ手が小刻みに震える。五〇〇〇メートルまであがって数分が過ぎたとき、マレー方面で煙幕が見えた。地上から高射砲を撃っているのである。高射砲の砲弾は黒い弾幕を張るのでB－29の位置を教えてくれる。

「きた」

前方高度四〇〇〇メートル付近にB－29の第一陣を発見した。陣形は単縦陣である。縦一列に並んでいる。爆撃態勢に入っているのだ。四機編成、各機は約一〇〇〇メートル離れている。一番先頭が長機、その後ろ約一〇〇〇メートルに二番機、以下、三番機、四番機と続く。

このときの総機数は二三機であった。四機陣形、六編隊で構成されていた。機数が一機足らないのはおそらく故障でこなかったのであろう。インドの連合軍基地から出撃し、六〇〇〇から七〇〇〇メートルの高度で飛来し、空襲態勢に入って四〇〇〇メートルまで高度を下げたのである。

戦後の記録を見ると、この日は全部で二〇〇機ほどのB－29が出撃して各地に空襲を行なった。そのうちの二三機がシンガポールに来たとある。

私が狙うのは先頭を飛ぶ編隊長機である。

敵編隊が近づいてくる。そのとき私の高度は五〇〇〇メートル、敵編隊は四〇〇〇メートルであった。

B－29単独撃墜

「よし。いける」

私は高度を下げて加速しながら全力下降をはじめた。

このとき、私は心に決めていることがあった。それは、

——ギリギリまで撃たない。

である。これまでは射程が一〇〇〇メートルに入ると弾を打ち込んでいた。しかしそれでは防弾が厚いB－29はびくともしない。ぶつかる寸前まで近づいて撃たないかぎり、一三ミ

リ弾は効かないのである。

編隊が正面にみえる。ぐんぐん近づいてくる。

「我慢だ」

私は自分に言い聞かせた。そしてB－29の真正面から突っ込んだ。

向こうは一〇〇〇メートルぐらいから撃ってきた。私の速度は正確にはわからない。限界速度は超えているだろう。思い起こして状況を説明しているが、すべては一瞬の攻防である。B－29から射撃の煙があがり、狂ったように弾幕を張る。曳光弾がシャワーのようになってすれちがう。弾が機体にカンカンあたって穴が空きはじめた。離脱したい気持を辛くも抑える。

「まだ一〇〇〇」

花火のなかにいるような曳光弾の嵐だ。ここで逃げたら負けだ。歯を食いしばって、そのままで進んだ。

「まだだ」

敵の長機との距離がさらに縮まる。敵機との距離は勘だ。

「五〇〇を切った」

私は長機に攻撃を仕掛けた。真正面から撃った。命中の手ごたえがあった。発射後、咄嗟に操縦桿を引いて機首を上げた。轟音とともに敵編隊がすれちがう。間一髪で編隊の上に抜けた。上方から攻撃をかけたときは速度がでるので上に抜ける。下から攻撃を仕掛けたときは速度が出ないため下方に離脱する。このときは上方からの攻撃だったので高度をあげて離脱した。

うしろを振り返った。編隊長機の右エンジン二基からぱあっと赤い炎と煙があがった。

「やった」

私は声をあげた。その後すぐ赤い炎が黒煙に変わった。消火装置が働いて火が消えたのだ。エンジンの機能が停止したのだろう、編隊長機は黒煙を吐きながらインド方面に向かって高度をどんどん下げてゆく。私が見たのはそこまでだった。次の戦闘に備えなければならない。そのため長機がどうなったのか確認できなかった。ただそのとき、

（あのB‐29は自分の基地まで戻れまい）

と確信した。

結局、この日の戦闘はこれで終わった。私は敵の大編隊を見送った後に飛行場に降りた。降りてから機体を確認すると、両翼をふくめて八発の敵弾を受け、一発はエンジンを貫き、真正面から貫通して計器盤にあたって操縦席に落ちていた。操縦席に吊るしてあった昭南神社（昭南＝シンガポール）のお守りが静かにゆれていた。

地上に降りると体がふらついた。極度の疲労と緊張、そして恐怖のせいである。

司令部に行き、

「B－29、一機、撃破」

と隊長に申告して宿舎に帰り、風呂と飯を済ませて早々に床についた。布団にくるまって初めて自分が生きていることを実感した。その日は泥のように眠った。

その翌日の昼ころ、

「関、お客さんだぞ」

と声をかけられた。司令部に行ってみると新聞記者が来ていた。話を聞くと、

「昨日あなたの戦闘を地上から見ていました。あのB－29は墜ちています。ぜひ、記事にさせてください」

と言われた。私はB－29撃墜の実感がわかないまま取材に応えた。

翌日の昭南新聞に私の攻撃の模様が掲載された。とはいってもあのB－29が墜ちたかどうか、その結末は戦後までわからずじまいであった。

戦後判明したB－29の最後

ところが二〇年ほど前、あのB－29が墜ちていたことがわかった。米空軍元パイロットのウイリアム・スウェイン（William Swain）氏が、私が攻撃したB－29の情報を教えてくれたのである。

ウイリアム氏の話によると、私が撃墜したB－29は、第二十航空軍、第四十爆撃戦隊所属

関がシンガポール上空で撃墜したB-29「カラミティ・ジェーン」。米第20航空軍第40爆撃戦隊に所属、インドのチャクリアからシンガポールに飛来

の、「カラミティ・ジェーン（Calamity Jane）」であったらしい。乗員は全員戦死している。シンガポールを爆撃するためにインドのチャクリア飛行場から離陸したという。

撃墜後のB－29は、戦後、機首部分が海中から引き上げられ、今はシンガポールのどこかに保管されているという噂がある。ただし、その場所は明らかにされていない。保管場所が明かされない理由は判然としないが、ある方が言うには、

「単機の軽戦闘機によって大型機が撃墜された事実は他に例がなく、アメリカ側にとって大変な不名誉である。その不名誉な事実を広めないために明らかにしないのではないか」

との見解を述べていた。

ウイリアム氏とはメールでやりとりし、多く

の情報を得た。彼からは撃墜状況についての質問があった。私は記憶の範囲でそれに答えた。お互いに情報交換することによって当時の事実が明確になった。そしてウイリアム氏から、ウイリアム氏が所属していた空軍の部隊バッジを加工した指輪を頂いた。

アメリカのパイロットは「ゼロ戦」や「隼」の操縦者に対して厚い畏敬の念を持っている。これは武装の貧弱な軽戦闘機により果敢な戦闘を展開した操縦者に対し、同じパイロットとして持つ驚きと尊敬心なのであろう。

私はウイリアム氏から撃墜したB－29の情報を知り、新たな思いを抱いた。それは私の攻撃によって一〇人以上の搭乗員が死んだという事実を突きつけられたことによる。

それまで私は、日本の操縦者として国を守るために敵機を撃墜することは当たりまえのことであり、またそれを名誉なことであると考えていた。しかし、若い命を私の行為によって断ったということ、そして亡くなった方々の御家族の哀しみを想起したとき、

「自分は大変なことをしたのだ」

という自責の念が生まれた。あの時代に生き、あの時代で戦った以上、避けることのできない運命の所行であったとはいえ、やはり後悔の想いがつきあげてくるのである。

私はそして、今まで自責の念も持たずに戦争体験を語ってきた自分を、ウイリアム氏の情報を得てから初めて恥じた。私は二度と戦争をしてはならないと語りながらも、心のどこかに敵機撃墜を誇りに思い、若き日の自分を称えるもう一人の自分がいることに気づかなかっ

た。

そして幸運なことに私は生きているあいだにウイリアム氏と出逢い、自分の戦果を名誉の軍歴とする自分を諫める新たな自分を見出すことができた。

戦争とは、国を異にする若者が殺し合う行為である。国が若者を武器として使用し、他国の若者を死に追いやること、これが戦争の本質である。そして戦争が持つ怖さは、戦っている若者の心を戦闘一色に染め、命の尊さと、その尊い命が失われることの哀しみといった人間本来の感情を奪い、しかも奪われた若者たちは奪われたことにさえ気づかずに、わき目もふらずに戦闘の道を駆け抜けてゆくのである。人間から人間性を奪い兵器そのものに変えるもの、それが戦争なのである。

弾幕を張りながら時速数百キロで飛ぶB－29に真正面から突っ込むなど、正常な人間のすることではない。私は戦時中、私自身が国家の兵器となって戦っていた。そこに人間が本来持つべき感情はなく、人間性そのものが根こそぎ失われていたのである。

死ぬことを怖れて戦闘空域を回避し、邀撃戦が終わってから帰隊して「全弾発射異常なし」と申告した将校たちを、

「ばか野郎が」

と陰でののしっていたが、あの将校たちの方がむしろ人間の心を持っていたのではないだろうか。「ばか野郎」は私たち少飛出身の操縦者たちではなかったのか。そう言い切ってい

いほどに戦時中の私たち若い操縦者たちは異常な精神状態に陥っていた。私はこの年になってようやくそのことに気づくことができた。ウイリアム氏のおかげである。

今、改めて戦争の恐ろしさを感じる。そしてウイリアム氏からいただいた指輪を見るたびに、二度と戦争をしてはならないと思うのである。

第二次ミリ派遣隊

昭和二十年二月二日、第三航空軍から当隊に対し、

「ボルネオ、サンダカン海域において、沖合のタウイタウイ島から警備二コ大隊の引き揚げを海軍の第二南遣艦隊が行なう。これを援護せよ」

との命令を受けた。さっそく白川大尉以下八機で出発した。このときの離陸の際、岩波精一少尉（特操一期）の機がエンジン不調となり、高度三〇メートルで急旋回をしたため失速し、近くのゴム林に墜落炎上した。我々は上空で旋回しながら少尉の冥福を祈り、そのままボルネオにむけて出発した。

途中、クチン、ラブアンで燃料を補給し、サンダカン北のクダット飛行場に到着した。クダットでは一回だけ船団を援護した。敵の来襲はなかった。引き揚げは無事に終了し、任務を終えた我々は二月七日に帰還した。

二月二十八日、クダット飛行場の北東約一〇〇キロに位置するパラワン島（フィリピン諸

島）のプエルトプリンセサに米軍が上陸し、瞬く間に各飛行場を大型機発着用に改装してボルネオ沿岸地区に本格的な空襲を開始した。

昭和二十年三月八日、ボルネオ島に派遣中の第一次ミリ派遣飛行隊の交代要員として、

藤田弘少尉

永坂芳夫軍曹

関利雄軍曹

の三人が派遣された。山尾隊の次の派遣隊である。

事前の情報によれば、ミリは山尾隊の大戦果のあと執拗な空襲を受け、滑走路は爆弾により無数の大穴があいて使えない状態だという。実際にミリ飛行場の上空に到着して驚いた。飛行場の施設が爆撃で燃え上がっているのである。もちろん滑走路も使用できない。そのため我々は最初から近くの海岸線に急造された滑走路に着陸した。

海岸線の滑走路はミリ飛行場から北方一〇キロほど離れたところにある。海岸線であるためカーブしている。地盤は珊瑚が固まってアスファルトのようになっているため離着陸は可能であった。石川県の海岸線に道路（千里浜なぎさドライブウェイ）があり、観光バスなどが頻繁に通っている。地質的にはそこと同じである。固く引き締まって砂がない。距離も約一〇〇〇メートルほどある。この滑走路は潮の満ち引きの影響を受ける場所にある。引き潮の

ときだけ離着陸が可能になるという飛行場であった。おおむね一日に三時間くらいしか使えない。

さらに陸地には椰子の木が生えている。椰子の木は真っ直ぐには伸びない。滑走路の視界を塞ぐように斜めに海にむかって伸びる。椰子の木が浜辺をふさいでいるため、飛行機が降りられるスペースはほんのちょっとだった。使用可能な幅員は、干潮時の最大で約五〇メートル、満潮時には二〇メートル以下になるという狭さである。しかも湾曲した海岸線は干潮のときでも離着陸が困難である。ミリ海岸の滑走路は満潮のときは飛ぶことができず、干潮のときも使いづらいという代物であった。

我々はミリ飛行場に到着した翌日、早速、慣熟飛行を兼ねて三機で順番に離陸し、周辺の地形を確認したあと順次着陸態勢に入った。そして最初に着陸した藤田少尉が海水に脚をとられて海中に転覆した。藤田少尉は負傷、機体は大きく破損して使用不能になった。

その翌日、今度は永坂軍曹が着陸の際に波打ち際でひっくり返った。永坂軍曹は幸い無事だったが機体が破損して使用不能になった。すでに予備機は破損してなくなっていた。そのためミリでは私一人で飛ぶことになった。

三月十日、この日、約二〇機のB－24が、ブルネイ油田とミリ飛行場を空襲にきた。しかし満潮時で離陸できず。私は地上で歯噛みをして悔しがった。そのあともB－24の来襲があり、あがれるときは邀撃にあがったが、海岸の不便さが影響して戦果につながらなかった。

私がミリに派遣で行った時期はエビの産卵期であった。海岸に小エビが押し寄せて海面を埋め、網やバケツで面白いように採れた。採った小エビは宿舎の夕食を賑わせた。

ミリの南東にはボルネオで一番の高山であるキナバル山が聳えている。この山は南方でありながら頂上付近に積雪があるという話を聞いていたため、哨戒飛行のときに上空を飛んで本当に雪があるのかを見に行ったりした。私が見たときは雪はなかったが、鬱蒼たる原始の森を抱える山容は荘厳であった。昭和十六年頃の朝日新聞に「新雪」という連載小説があり、キナバル山の雪が物語の主題であった。私はこの小説を読んで記憶にあったため雪探しに出掛けたのである。

ちなみに戦前の映画「ターザン」が撮影されたのもキナバル山だったと聞いている。

三月二十日、ミリ防空任務を解除された。私はクチンを経てシンガポールまで飛び、センバワンの本隊に合流した。

三月二十一日、海岸で転覆した藤田少尉がシンガポールに向かう軍偵に便乗したところ、離陸時にB－24に攻撃されて戦死した。

三月二十二日、私がセンバワンの部隊に戻った翌日、私が船団護衛に従事している間にB－29約一五〇機が来襲し、シンガポールのセレター軍港を爆撃した。そのとき我が隊では各地の作戦派遣で操縦者が少なく、辛うじて三機が邀撃したが戦果はなかった。

第八章　特攻編成

全機特攻

昭和十九年三月、南方戦線が完全に崩壊し、ニューギニアから豪北方面に展開していた膨大な部隊を撤退させ、戦線を整理することが急務となった。しかしその実行は困難を極めた。すでに日本の海軍、陸軍ともに飛行部隊は消耗しきっている。そのため制海権、制空権とも連合軍が握り、連合軍による海空からの攻撃により輸送船が次々と沈められる事態になっていた。特に、欧州戦線から大量に転戦してきたアメリカの潜水艦による被害は甚大であった。

当時マカッサルにあった第七飛行師団の任務は、マカッサル方面の制空権を維持し、同方面への補給や輸送を守ることであった。しかし第七飛行師団は、設立当初から小スンダ列島からニューギニアにわたる広大な戦域に参戦し、困難辛苦の連続で航空兵力は消耗し、戦闘機がほとんどない状況になっていた。

そこで第三航空軍を通じ、当時シンガポールに駐留していた私の部隊に要請があり、部隊の半数を「臨時防空戦闘隊」としてジャワに派遣するよう要請があった。そして臨時防空戦闘隊の本拠地（戦闘隊の本部）をジャワ島のマランに置き、前進基地としてセレベス島のリンブン飛行場を使用することになった。

さっそく白川良大尉を隊長とする操縦者約一〇名、整備員等約三〇名による派遣隊が編成された。白川部隊の出発は二月中旬、リンブン飛行場に配備を終えたのが二月末である。残留した部隊は第三航空軍の直轄部隊となった。私は三月二十一日にミリからシンガポールに帰隊して、初めて臨時防空戦闘隊のことを知った。

この時期の戦線の兵士たちは決死の努力に尽力し、いかなる下命であっても受け、それが死を前提とした命令であっても決行した。しかしそうした兵士たちの努力は水泡に帰し、戦局の悪化に歯止め全くがかからない。そして連合軍はついにフィリピン諸島に迫り、日本近海の制空海権を完全に掌中にした。これにより東南アジアからの補給路も押さえられ、石油などの戦争資源が枯渇し、国内に対する空爆も激しくなり、軍需産業も壊滅状態になった。

日本の国力が尽きつつある。もはや敗戦は濃厚であった。

こうした最悪の情勢のなか、大本営は、

「昭和二十年三月以降、第三航空軍に対する飛行機の補給を停止する」

という通達をだした。もう飛行機の生産はできない。今ある残存の飛行機を使って戦え、というお達しであった。これを受けて四月、第三航空軍から、

「第三航空軍操縦要員教育を中止し、教育用飛行機を作戦機に転換するとともに、全作戦機は特攻戦法に徹する」

との命令がだされた。続いて隷下各部隊の全機に対し、常時、特攻戦法に徹して訓練をするよう指示がでた。日本の国力が底をついたため、最終手段として特攻作戦に打ってでたのである。

いよいよ特攻が我が隊でも始まった。予期していたことではあったが、

「ついに来たか」

という気持であった。

特攻とは、爆弾を搭載した飛行機で体当たりをする攻撃である。先に、

「戦争とは若者を兵器（あるいは武器）として使用するものだ」

と述べたが、追い込まれた日本はついに、自国の若者を「砲弾」や「爆弾」として使用し始めたのである。世界に類例のない戦争行為である。

ただし、このときの我々に対する特攻命令は部隊に対する命令で個人を指定していなかったので、あまり悲壮感はなかった。

「まあ、しょうがないな」

という程度の感想であった。隊の雰囲気にも変化はなかった。

こうした情勢から四月初旬以後の訓練は特攻訓練に重点をおいて行なわれた。空母や軍艦に見立てた目印に上空からまっすぐ急降下するだけで、面白くもなんともない訓練であった。

四月中旬、船団護衛の任務が入った。当時、船でシンガポールからサイゴンに燃料を運び、サイゴンからはシンガポールに米や他の物資を運んでいた。我々は、カンタンとコタバルの基地を拠点にし、三、四機編制でこのシンガポールとサイゴンルートの船団援護を行なうことになった。

このときの援護では、海軍の駆逐艦「神風」と第四十四教育飛行隊の軍偵が当たり、我々は敵機に対する対空警戒を行なった。

四月二十一日、「臨時防空戦闘隊」の隊長白川良大尉が、セレベス島のマカッサルにおいて、船団を爆撃しようとしたB-24に体当たりを敢行してこれを撃墜し、壮烈な戦死を遂げた。

その行為は部隊員に深い感銘を与えた。白川大尉には個人感状が授与された。

感　状

陸軍大尉　白川良

右ハ昭和二十年二月二十二日以後、濠北方面ニ在リテ部下戦闘隊ヲ率イ、連日船団援護ニ任ジ、各種ノ悪条件ヲ克服シテ、克ク其ノ任務ヲ完遂セリ、特ニ四月二十一日「マカッサル」港上ニ於テ自ラ船団援護中、B二四二機ガ来襲シ、狭隘ナル水道ヲ航行中ノ船団ガ将ニ危殆ニ瀕セントスルヤ、敢然トシテ敵編隊長機ニ体当リヲ決行、之ヲ撃墜シ船団ヲシテ安全ニ入港スルヲ得シメタリ、是、至誠尽忠悠久ノ大義ニ徹セル皇軍精神ノ神髄ヲ発揮セルモノニシテ其ノ功抜群、真ニ軍人ノ亀鑑タリ、依テ茲ニ感状ヲ授与シ、之ヲ全軍ニ布告ス

昭和二十年五月十二日

南方軍総司令官　伯爵　寺内寿一

昭和二十年四月二十八日、連絡のため、綾部光夫軍曹（少飛十期）が操縦し、佐藤少尉同乗の直協偵察機（九八式直接協同偵察機）がマランからシンガポールに飛行中、スマトラ付近で行方不明となった。すぐさま派遣隊が出て捜索したが発見できなかった。

五月十四日、カンタン、コタバルにおいて船団援護の任務に就く。

五月十八日、マレー東方のアナンバス諸島に敵機動部隊が接近中との情報があった。

我が隊から六機が特攻隊として五〇キロ爆弾二発を装備して出撃した。私もそのうちの一機となった。ところが私が離陸した時、機体に吊った片方の爆弾が懸吊架から外れて落下し、落下した爆弾が尾部の水平安定板に当たって操縦桿が利かなくなってしまった。離陸後、だましだまし操縦しながら何とか飛行場の最東端に緊急着陸した。

降りて機体を見ると、片方の安定板がめくり上がって方向舵が変形していた。これでよく着陸できたものだと我ながら感心した。爆弾の落下が離陸後すぐだったので水平に落ちて信管が地面に触れず、そのために爆発しなかった。もう少し高いところから落下していたらと思うとゾッとした。

その後、敵機動部隊の接近は誤報と分かり、特攻部隊は帰還した。

五月二十日、スマトラ島のラハトに駐留していた第九錬成飛行隊が、人員機材とも当隊に吸収合併された。これで陣容が充実してきた。

六月一日、午前九時三十分ころ、マレー方面から二機のB－24がセレター軍港にむかって飛来してきた。当隊から二機が邀撃に上がった。そして、その一機を金沢信夫軍曹がジョホール水道で撃墜した。

私がボルネオ島から帰還してまもない同年五月下旬、入院中だった榊政行隊長が解任され、後任として飛行第四戦隊長の井上重俊少佐が選任された。

さっそくマレーのイポー飛行場にいた井上少佐を、私が複座式偵察機の九八式直協（九八式直接協同偵察機）で迎えに行った。そのことが奇縁となり、その後、新部隊長の各行事には私が同行することになった。

スコール

昭和二十年六月十七日、臨時防空戦闘隊（通称「ジャワ派遣隊」）に対する井上新部隊長の視察と四月末に行方不明になった綾部軍曹機捜索のため、私と井上部隊長の二機でジャワ島にむかった。部隊長の御指名による随行である。

私と部隊長機は高度五〇〇メートルを飛んだ。小さな島々の海岸線に綾部軍曹機の手がかりを求めながらの低空飛行である。しかし何もない。

やがてスマトラ島の海岸線が目前に迫った。ジャワ島はまだ先だ。

と、前方の空を大きな積雲が覆った。みるみる視界が悪くなる。

「スコールだ」

これまでに見たこともない巨大なスコールである。たちまち前方に暗雲が低く垂れこめた。

直ちに引き返すか別ルートをとるべきだ。しかし、部隊長機と一緒のため勝手な行動はできない。部隊長機の進路は変わらずジャワ島にむいている。

「まずいな」

私は舌打ちをした。視界が悪化の一途を辿った。雨が風防ガラスを叩く。機体がゆれてガタガタと音をたてる。風が機体を激しくゆするため高度を一定に保てない。猛烈なスコールに巻き込まれたのである。

「くそっ」

と歯を食いしばりながら慌しく操縦する。機体が上下左右に揺れる。完全に雲中に突入した。

視界がゼロになった。部隊長機ともはぐれた。もう何も見えない。私は単機になった。

「死」の一文字が頭に浮かんだ。このときは恐怖よりも驚きのほうが大きかった。

「軍隊は運隊」といわれるほど生死が運によって分かれる。私は、これまで運よく生きて来たが、いずれは死ぬと覚悟していた。そして自分が死ぬときは敵弾にあたって戦死するものだと信じ込んでいた。今回の飛行は戦闘計画がない飛行であった。部隊長と一緒だという多少の緊張感はあったが、どちらかといえば気楽な気分でジャワ島にむかっていた。その途中で突然、絶体絶命になるとは。私がそのとき感じた驚きとは、

「俺はこんなことで死ぬのか」

という意外の想いであった。戦闘で死ぬことは当然のことである。しかしスコールに巻き込まれて死ぬなど不名誉であり不本意である。死ぬなら戦って死にたい。

「こんなことで死にたくない」

私はあせりにあせった。

雨は激しさを増した。一寸先も見えない。これまで経験したことのない悪条件である。

高度を一〇〇〇メートルまであげた。方向が狂って山への衝突を避けるためである。忙しく計器に目を配る。高度は大丈夫か。方位に間違いはないか。燃料はどれくらい持つか。

「おちつけ」

右腿の上に開いている地図を目で追って目的地までの距離を確認する。

「どうする」

このまま行くのか。どこかに緊急着陸するのか。判断が迫られる。

「よし、やめる」

ジャワ島行きをあきらめることにした。地図を見た。現在位置を推測する。

「どこに行く」

指先が震える。血走っているであろう目で地図を追う。そして最寄りにあるジャンピー飛行場への着陸を決心した。さっそく方向を変えた。

「ジャンピーはどこか」

心で念じながら飛んだ。方位を失うことすなわち死である。

そのとき覆っていたスコールが少しだけ途切れた。下を見る。うっすらと地上が見えた。目を凝らす。鬱蒼たるジャングルだ。地図との照合を急ぐ。間違って海上にでなくてよかった。

「あっ、河だ」

ジャングルを縫うように走っている河が見えた。これでおおむねの位置がわかった。見えた河をたどって飛ぶ。この河の下流に目指す飛行場があるはずだ。

「あった」

白い滑走路が霧のなかに浮かんだ。助かった。ホッと胸をなでおろした。しかしまだ油断はできない。今度は無事に着陸できるかどうかに生死がかかっている。

ジャンピー飛行場もスコールのなかだった。叩きつけるような風雨のなかでの着陸である。気は抜けない。ぐらつく機体を安定させつつ着陸態勢に入る。地上で手を振っている兵がいる。私の機に気が付いた警備の兵だ。着陸オッケーの合図を送っている。旋回をしながら慎重に着陸の機会を待つ。敵は雨による視界の悪さと横風である。吹き流しを見る。風が少し弱まった。

「今だ」

すぐさま下降を開始して着陸態勢に入る。高度がぐんぐん下がる。視界不良で高度がわからない。勘が頼りだ。滑走路の状態も見えない。水たまりがあれば転覆は避けられない。

「どうにでもなりやがれ」

覚悟を決めて着地に入る。がくん、と思ったよりも早く地上接地の衝撃が機体に走った。やっとのことで豪雨のジャンピー飛行場に着陸したのである。転覆も免れた。ホッと胸をなでおろす。

上空を見るとスコールがあがる気配はない。あのままジャワ島を目指していたら危なかったかもしれない。

「部隊長はどうしただろうか」

着陸が終わってからようやく部隊長のことを想い出した。

後で聞いたのだが、部隊長は、

「前進は無理」

と判断し、引き返してバンカ島のパンカルピナン飛行場に着陸していた。

私が着陸したジャンピー飛行場はパレンバンから西へ約一〇〇キロの地点にある。周囲をジャングルに囲まれた小さな飛行場である。飛行場には下士官が一人と兵が四人しかいない。あとは現地人の兵補が一〇人ほどいるだけであった。始動車も補給車もない。飛行機の整備員もいない。やむなくシンガポールの本隊に応援に来てもらった。

翌朝、本隊から雨宮曹長と熊谷軍曹が応援に来てくれた。無事に飛行機の整備と給油が終わった。その翌日、バンカ島へ向かった。バンカ島までは順調に飛んだ。そしてパンカルピナン飛行場で部隊長と合流した。部隊長は私の顔を見ると、

「おお無事だったか」

と喜んでくれた。

リンブン派遣

バンカ島は錫の産地である。そのため多くの民間人が入植しており小さいながらも町が形成されていた。宿泊施設もある。私はここで錫製の皿とコップを買ったが、どこかで無くしてしまった。その夜は一泊し、六月二十日の朝、綾部機を探しながら二機で飛び、無事にジャワ島に到着した。

その夜、マラン派遣隊の皆に歓迎され、新部隊長の歓迎会をマラン郊外のバトー温泉で開いてくれた。派遣隊の皆と久しぶりに痛飲して愉快に過ごした。ところが、この席で同期生の高橋雅夫軍曹が、どうしたことか悪酔いをして新部隊長と口論する事態となった。

「高橋やめろ」

と同期の私が止めてその場はいったん収まった。

翌日、新部隊長は、高橋軍曹にセレベス（現スラウェシ）のマカッサルにあるリンブン飛行場行きを命じた。そして高橋軍曹は単機でリンブンにむかったが、着陸のときに二機のP－38から攻撃を受けて戦死した。

リンブンには連日、P－38が来襲していた。高橋軍曹が戦死した前日も二機のP－38が来て、それを邀撃した同期の井本信綱軍曹が交戦中に被弾して落下傘降下し、負傷して野戦病院に入院したという。

六月二十三日朝、高橋軍曹の戦死を知った新部隊長は、私を呼び、

「リンブンの空中勤務が手薄になったから、お前が行って船団援護の手伝いをしてこい」

との命令を受けた。

高橋軍曹の戦死状況については、飛行場付近の野戦病院で療養していた井本君によると、

「病院で今日マランから高橋がリンブンに来るという話を聞き、楽しみにして傷の痛みに堪えながら窓から空を見ていたところ、フラップを下ろした一機の『隼』が着陸態勢に入ったのが見えた。そのとき爆音がし、『あっP－38だ、危ない』と思った瞬間、P－38に気づいた『隼』が、フラップを下ろしたまま急旋回した。その直後、病院の横の木が大きく揺れ、ドドドッと機関砲の発射音がしてP－38が急上昇するのが見えた。自分と交戦した昨日の奴らだとすぐにわかった。しばらくするとドーンと遠くで大きな音がした。その後、静寂が訪れ、海軍の野戦病院の車が走るのが見えた。その日の夕刻、高橋が戦死したことを聞いた。残念だ」

ということであった。

自信と過信

この日の午後、私は単機でマランから飛び立った。リンブン飛行場が近づくと極度の緊張感に包まれた。高橋の戦死を思いだしたのである。こちらは単機である。速度が速いP－38

に囲まれれば助かりっこない。

P－38ライトニングは三胴設計の双発単座戦闘機である。戦闘機でありながら二つのプロペラと三つの胴体をもつ特異な飛行機である。旋回性能よりも直進時の高速度を重視して設計されている。そのため一撃離脱の戦術が専門であった。格闘戦用につくられた「隼」とは対局の戦闘機と言っていい。P－38と一対一の格闘戦を行なうなら恐れることはないが、多数の機で波状攻撃を仕掛けられると、足が遅い「隼」はひとたまりもなくやられる。高橋君もそれでやられた。そのことを想起しながら私はぐるぐる首をまわして周囲を警戒する。

（いないようだ）

敵機がいないことを確認して着陸態勢に入った。さらに上空を見て敵機を確認した。P－38の姿はない。無事に着陸した。

リンブンでは、

「連日、B－24とP－38が来襲している」

という説明を整備兵から受けた。

B－24はアメリカの大型爆撃機である。四つのプロペラと飛行艇のような太い胴体を持つ。航続距離が長いため、哨戒機、輸送機、爆撃機など多様な使われかたをしていた。B－29のように多武装ではないため、P－38などの戦闘機の護衛を受けて空襲に訪れることが多い。

「よし」

米戦闘機ロッキードP-38「ライトニング」。20ミリ機関砲1門、12.7ミリ機関銃4挺を装備、最高速度667キロ／時

落としてやろうと私は気合を入れた。

そのころの私の操縦技術は充実していた。飛行時間も伸びて技量もあがっている。邀撃回数も増えて実戦経験も十分に積んだ。B－29撃破（戦後に撃墜を確認）の戦果もあった。B－29に比べれば、B－24は墜としやすい。条件さえそろえば撃墜できる自信が芽生えていた。

そうであったからこそ、

「気を付けろよ」

と自分に言い聞かせた。

「そうした時期が一番危ない」

とこれまで先輩や上司たちに言われてきた。これは当然のことである。

空中戦闘が始まるまでは周囲への警戒を怠ることはないのだが、いざ戦闘が始まると目の前の敵機しか見えなくなる。特に腕に自信がついてくると戦果をあげることばかり考え、敵機を追うことにやっきになる。それが深追いになって別働の敵に攻撃されて命を落とすのである。

B－24単独撃墜

昭和二十年六月二十五日午後、リンブンのピスト（戦闘指揮所。操縦者の待機場所にもなる）で敵来襲の情報を聞いた。

「マカッサル港に敵機接近中」の一報であった。私はそれっ、と滑走路の愛機にむかって走った。鈴木一三軍曹（少飛十期）も自分の機にむかって走った。

待ち構える整備兵に手をあげてあいさつし、機体を駆け上がって操縦席に乗り込む。整備兵が始動車で「隼」のエンジンを始動する。爆発音とともにエンジン起動、轟音とともにプロペラが高速度で回転を始める。エンジン音を聞く。調子はいいようだ。回転数をあげる。きしみ音とともに機体が前進しようと胎動する。

私が手をあげる。整備兵がタイヤのストッパーをはずす。地上滑走により滑走路に出る。上空に雲はない。蒼空がひろがっている。回転数をさらにあげる。滑走を開始した。がたがたと機体がゆれる。速度を徐々にあげる。左右の地上が後方に吹き飛んでゆく。ふいに地上走行のガタつきがなくなる。「隼」がふわりと離陸した。私はこの瞬間がたまらなく好きであった。

そのまま上昇を続けた。後から離陸した鈴木機が追い付いて左に付いた。鈴木軍曹と二機

一式戦闘機「隼」。セレベス島マカッサルのリンブン飛行場に派遣された関軍曹は、鈴木軍曹とともに着任早々米軍爆撃機の邀撃に飛び立った

での出撃である。並列でマカッサル港にむかった。

「敵はくるのか」

そのときの高度は二〇〇〇メートル。いつもどおりの恐れが湧いてくる。「やってやる」と思いながらも「敵が来なければ生きて帰れる」という考えが湧く。矛盾した二つの想いが明滅を繰り返して心を揺らす。戦闘はつねに自分の心との戦いであった。

マカッサル港の上空に着いた。高度を五〇〇〇メートルまで上げる。眼下には美しい海が広がっている。港に日本の輸送船が一隻入っていた。この輸送船を敵は狙ってくるらしい。

と、港の上空に地上部隊が放つ高射砲の黒煙が広がった。高射砲の音は「隼」

のエンジン音にかき消されて聞こえない。

「来た」

黒煙の後方に爆撃機を発見した。機影は二つ。水平線方向にペンの先で突いた程度の大きさで見えた。私は目を大きく開いて凝視した。

「二機だけか」

二機だけだ。戦闘機はいないようだ。すこしほっとした。こちらは二機しかいない。爆撃機に戦闘機が帯同していれば、戦闘機の相手をしているだけで終わってしまう。

「機種はなんだ」

と自問する。機影が少し大きくなった。B－24だ。P－38の姿はやはりない。二機のB－24が単縦陣（前後に連なった陣形）になってむかってくる。爆撃態勢に入っているのだ。その姿が私にはひどく無防備に見えた。我々に気づいていないのだろうか。B－24は五〇〇〇メートルからゆっくりと高度を大きく下げはじめた。入港中の貨物船を爆撃しようとしているのだ。

「そうはさせるか」

上方から一撃を見舞ってやろうと高度五〇〇〇メートルから急襲態勢に入った。地上から発射された高射砲の噴煙が広がって空一面を覆っている。その噴煙をつきやぶってB－24に前上方から襲撃した。速度が上がった。我々が乗ってる「隼」の機体は古い。常に新品の機体で来襲する連合軍とは異なり、日本機は修理を繰り返しながらだましだまし使っていた。万全の状態で乗ることの方が稀で、いつもどこかに不安をかかえていた。

速度がさらに上がる。機体が軋む。空中分解しないことを祈る。私は鈴木機の右に大きく開いて突っ込んだ。ロッテ戦法である。私は先行する鈴木機に後続した。

襲撃がはじまると音がなくなる。敵機の射撃音も「隼」のエンジン音も消える。色彩もない。時間も感じない。眼前に敵機だけがいる空間に入る。それは時空を超えた静止画のような特別な世界であった。生きて元の世界に戻れるか、そのままその世界に消えていくのか。自分の「命」をサイコロに託して博打を打つような瞬間である。すべては「運」次第であった。

先頭の一機に鈴木一三軍曹がまず一撃をかけた（ように見えた）。すぐさま離脱。私も前側上方から続いた。敵機が放つ曳光弾のシャワーのなかに入った。一〇〇〇メートルから、

「九、八、七」

とカウントし、距離が五〇〇メートルになったところで射撃スイッチを押した。

「ガガガ」

と「隼」から曳光弾を交えた一三ミリ弾が敵機に吸い込まれた。

ところが一斉射に入ってすぐ、なんとしたことか弾丸が無くなってしまった。後で聞くと弾不足で整備兵が少ししか弾を入れてなかったのである。補給がなく、基地に弾がないのだ。

「くそっ」

と急旋回して離脱した。後方を見た。B－24のエンジンが火を吹いている。遠ざかりながら黒煙を吹いた。機首が下方を向いている。そのまま海にむかった。

「墜落だ」

撃墜の感触はなかった。鈴木機の弾が当たったのだろう。私は旋回しながら黒煙を吐いたB－24の行方を追った。B－24は水しぶきとともに墜落して海中に姿を消した。後続機はそのまま退避していった。

「やったあ」

操縦席で拳をふりあげて私は喜んだ。しかし内心は複雑であった。

私は第二陣の空襲に備えた。地上の高射砲は沈黙している。空は静かだった。

「おわった」

今日の空襲はないようだ。我々二機は帰路についた。

戦闘が終わって鈴木軍曹と基地に帰る途中、鈴木軍曹が操縦席から私にむかって盛んに握りこぶしを振っている。私は、鈴木軍曹がB－24を撃墜して喜んでいるのだと思った。

「自分の機にもう少し弾が積んであったら」

とうつむいて唇をかんだ。鈴木軍曹の戦果を素直に喜べない気持が私にはあった。

後でわかったことだが、このB－24には一〇人が搭乗していた。そのうちの六人が戦死し、生存した四人は捕虜として海軍に連行された後に処刑された。これもウイリアム氏からの情報である。パイロットや射撃手などの乗員の氏名も教えてくれた。

地上に降りると整備兵たちが駆け寄ってきた。

「やりましたね」

B－24撃墜の報に基地が湧いている。私は実感が湧かない。苦笑いしながら機から降りようとしたとき、鈴木軍曹が私の「隼」に駆け上がってきて、

「関、やったな」

と肩を叩いた。私がきょとんとして、

「私の機関砲は弾が途中で無くなったんですよ」

と言うと、鈴木軍曹は笑いながら、

「いやあ、俺の機関砲は故障して弾が一発もでなかったんだ」

と言ってまた私の肩を叩き、

「おめでとう。よかったな」

と喜んでくれた。鈴木軍曹は射程に入ってスイッチを押したが弾が出ず、

「しまった」

と、あわててB－24から退避した。そして、

「後を見ると関が銃弾を浴びせて黒煙を吐かせた」

と言うのである。私の最初の射撃が運よくエンジンに命中したのである。これで、私の単独によるB－24撃墜となった。

マレーでの特攻作戦

昭和二十年六月二十七日早朝、マランに滞在中の部隊長から、

「シンガポールの本隊に帰還する。至急マランに戻れ」

との連絡が入った。私は直ちに洋上を飛び、マランの本隊に合流した。

その日の午後、マランに派遣中の我が部隊は全機シンガポールに帰還した。

昭和二十年七月初旬 マレー、ペナン島付近に英軍の機動部隊出現の報がはいった。当隊から八機がクアラルンプールにむかった。しかし敵はすでに退去後であった。任務はすぐに解除されて帰隊した。

この八機が出撃したとき、残留した当隊の操縦者に特攻命令が下された。

「将校二、下士官二、計四名をもって特攻を行なう」

という指示であった。特攻隊名は「七生昭宇隊」となった。しかし、このときも誰が出撃するか特定されなかった。全員が「神風」と書かれた鉢巻と新しいふんどしや下着を貰った。

私は兵舎にもどるといつ指名されても良いように身辺整理をして出撃を待った。個人の指定がなかったためか不思議と悲愴感はなかった。もちろん内心は選ばれたくはなかったが、

「特攻隊員になったら一艦沈めてやる」

という気持も強かった。皆も同じであったと思う。兵舎では誰もが努めて明るく振舞い、冗談を言いあい、いつもと変わらぬ雰囲気であった。

その後、敵機動部隊が退去したので出撃は見送られた。

昭和二十年七月二十五日、英艦隊がタイ南部のプーケット島沖から島を砲撃した。再び、「全機特攻命令」が出た。

午前八時三十分、英軍の上陸部隊がプーケット島の北部に上陸を開始した。しかし日本守備隊が必死の抵抗を行なった。

そして、七月二十六日朝、第三航空軍独立二〇七教育飛行団第三教育飛行隊が、九七式戦闘機（三機）による特攻隊を編成し、太平洋戦争で最後となる特攻を敢行した。

特攻隊名は「七生昭道隊」である。

この最後の特攻は成功し、二機が命中、轟沈一隻、撃破一隻という戦果を挙げた。

この特攻隊員三名に対して特別昇進が発令された。

七生昭道隊の三名は、

徳永勇夫曹長

山本玄治曹長

大村俊郎伍長

である。この攻撃で敵艦隊は同夜、西方に撤退した。

以下、『戦史叢書』から。

昭和二十年七月、第三教育飛行隊に七生昭道隊がマレーのタイピンにて編成される。

七月二十五日、七生昭道隊は特攻出撃命令を受け、タイピン飛行場よりアロルスター飛行場へ前進。

翌二十六日七時、第一次攻撃隊の南部少尉以下三機と戦果確認機の軽部中尉の計五機が、マレー半島南部のプーケット島沖の英機動部隊攻撃に発進するが、悪天候のため目標を発見できず引き返す。

第二編隊徳永曹長、同二番機大村伍長が英機動部隊を補足し、高度一五〇〇メートルより突入を敢行、徳永機は突入角度が浅く、再出撃のため離脱して帰還した。

一方の大村伍長は十時三十分、被弾発火しながら英空母艦尾近くの海面に自爆した。

十六時、第二次攻撃隊五機がアロルスター飛行場を薄暮攻撃のため出撃、悪天候により再び編隊は分離するも、第二編隊長徳永曹長は積乱雲下に英機動部隊を発見し、雲を利用してこれに接近。十九時五十分、大型艦に突入命中、敵艦は艦首を起こし右側に傾斜して停止した。

ついで二番機山本曹長は他の大型艦の右舷に突入し、敵艦は大火柱をたてて轟沈した。

戦死　徳永勇夫曹長、山本玄治曹長（少飛七期）、大村俊郎伍長（少飛十五期）

戦果　英海軍機雷掃海艦「ヴェステル」に一機命中、火災後処分、戦死一五名

このときの英艦隊は、戦艦一（ネルソン）、護衛空母二（アミール、エンプレス）、重巡洋艦一（サセックス）、駆逐艦四、掃海艇七であった。

このとき英軍は、シンガポールを奪回するためにプーケット島海域の制空海権を確保しようとし、その第一段階としてプーケット島を占領しようとしたのだが、予想外に日本軍の抵抗が激しかったことから撤退したのである。特に特攻による驚異が大きく影響したと思われる。

英軍がプーケット島に砲撃を開始したとき、私はシンガポールにいた。そして第三航空軍が私の部隊に特攻命令を出した。我々は敵愾心で燃えていた。憎しみは死への恐怖を麻痺させる。私は特攻によって敵艦を海に叩き沈めることだけを考えていた。

ゆれる心

七月二十五日、終戦の二〇日前、英艦隊に対する特攻のためマレー北部のスンゲパタニーに向けて八機が進出した。私もその一機であった。シンガポールから特攻の前線基地である

スンゲパタニー飛行場まで二時間かかった。

午後、スンゲパタニー飛行場に「七生昭道隊」の三名による特攻成功の情報がはいった。徳永機と山本機が見事命中して敵艦を沈めたという。我々は歓声をあげて喜び、その勇気に感嘆の声をもらした。そして自分たちもと気持を高ぶらせた。次の特攻は明日と指示された。

ついに私の番が回ってきた。

「よおし、やってやる」

と心に念じた。

その日は明日の出撃に備えての一泊である。これが最後の夜となる。思い出深き夜のはずなのに、その夜のことは不思議と記憶にない。いつもと変わらない夜だったのであろう。

ところが前述のとおり、我々が待機している間に英軍が引き揚げてしまった。我々に下された特攻命令は解除され、翌日、シンガポールの本隊に帰隊した。

本隊に戻ると、同じ部屋の戦友のベッドがポツリポツリと空いている。仲間たちは邀撃や特攻で次々と死んでいった。昨日まで雑談に花を咲かせていた友人たちが、消えてなくなるように死んでゆくのは本当に寂しいものであった。

全機特攻命令が出てからは毎日が死を待つ日々であった。敵艦隊の来襲がないときは、

「今日もなんとか生き延びた」

という喜びに包まれた。そして生きて眠れるという幸福感を感じながら熟睡に恵まれるのである。我々は死ぬことは当たり前だと信じていた。死を畏れる気持は微塵も持っていないはずだった。死ぬまで戦うことが当然だと思っていた。そうであるはずなのに敵機と対峙すると恐怖に駆られた。

これはいくら戦闘に慣れても変わることはなかった。そして、戦って死ぬことが自分の運命であり、国を守るための当然の行為だと信じていながら、今日を生きのびたことに喜びを感じ、布団の上に座って安堵の溜息をもらしていたのである。

英軍の機動部隊はいったん退去した。これにより私は特攻を免れた。しかし敵はまたくるだろう。次の特攻出撃に備えて準備を始めた。そして、ふと、

「俺もながいことないな」

と、身辺整理をしながら自分の命のことを思った。私の心は、ろうそくの炎のように静かにゆれていた。

しかし、結局、英軍はこなかった。そのため私は特攻に出ることはなかった。

第九章　終戦と抑留

終戦――プロペラなき「隼」

昭和二十年八月三日、四機でカンタン、コタバル船団の援護を行なった。

終戦前のこの時期、沖縄戦が激化したことによりビルマ方面の敵兵力が転用され、B－29による シンガポール空襲が少なくなっていた。そのため邀撃の回数が減少し、待機の時間が多くなった。我々はマレー決戦の作戦準備で忙しい毎日を送ってはいたが、空襲が和らいだため比較的のどかな日常を過ごしていた。戦局が激しさを増すなかで、南の国の明け暮れを感じながら毎日を過ごしていたのである。今思えば不思議な期間であった。

八月十三日、柚山大尉から、中村少尉（特操）と私に対し、

「中村少尉と二人で、カラン飛行場からサイゴンに飛ぶ九七式重爆撃機を援護せよ」

との命令を受けた。

我々はシンガポール市内の「南明閣」に宿泊し、十四日早朝、カランから飛び立った重爆を援護し、コタバル沖でサイゴンから来た戦闘機に引き継ぎ、カンタンで一泊して十五日の午後、シンガポールのセンバワンに帰隊した。

九七式重爆撃機。昭和20年8月13日、関軍曹はシンガポールからサイゴンまで板垣征四郎大将の乗る同爆撃機を護衛した

後日わかったことだが、この重爆には第七方面軍司令官陸軍大将板垣征四郎閣下が搭乗していたそうだ。終戦命令を下達するためサイゴンの南方軍総司令官寺内寿一元帥が板垣閣下を招集したのである。

八月十五日正午、帰隊すると飛行場の様子がいつもと違ってなんだかおかしい。まもなく集合の合図があった。全員が飛行場に集まった。ラジオの放送が最大音量で流れた。

（なんだろう）

と必死に耳を傾けた。しかし雑音でまったく聞きとれない。まわりの連中に聞くと、

「どうやら戦争に負けたらしい」

という。

（まさか）

と信じられなかった。

この日のラジオ放送は、天皇陛下が終戦を告げる「玉音放送」であった。我々南方軍にとってまさに青天の霹靂であった。呆然と立ちつくした。

内地におけるB－29の爆撃の熾烈さや苦境が耳朶を打ち、フィリピンや沖縄の悲報も強く胸に焼きついてはいたが、戦局が熾烈になればなるほど「死闘の峠だ」「あと一息だ」と声をかけあい、内地にむけて「頑張れ」と本土決戦に声なき声援を送り続け、まもなく行なわれるであろうマレー決戦の準備に奔走していた。

我々は日本の故郷が戦禍に蹂躙されるのを覚悟し、家族に対する想いを断ってこの地で剣を磨いていたのである。我々の戦争はこれからであり、まだ勝負の途中であり、勝敗もついていないと思い込んでいた。

玉音放送の後、

「上司の命令なき限り、現任務を続行すべし」

との命令が方面軍からでた。我々は当然だと思った。

「まだ戦争は終わっていない」

というのが実感であった。

その後、次々と日本の敗戦に関する情報が入ってきた。その内容は武門の最も恥とする「無条件降伏」であった。皇軍の使用文字から抹殺されていた「降伏」をするのだという。

「生きて虜囚の辱めを受けず」という教育を受けてきた我々が「祖国降伏」など信じられる

はずがない。

前途は闇である。捕虜となる屈辱よりも死を選ぶべきか、それとも本国の情勢とは無関係に徹底抗戦すべきか。我々の動揺は激しかった。部隊の方向性も恭順か抗戦かで二転、三転した。

八月十七日、終戦の詔勅を受けた。しかしシンガポール方面の防空任務の解除はない。第三航空軍から油槽船の船団援護を命ぜられた。私は「隼」に乗ってクワンタン沖を哨戒飛行し、内地に向かう油槽船援護の任務を行なった。これが最後の船団援護となった。

この任務の後、我々はクワンタンに一泊、コタバルに二泊して帰隊した。

クワンタンの宿舎では共産匪賊が蜂起し、

「夜襲がある」

という噂が流れ、一同緊張して夜襲に備えたりした。幸い杞憂に終わり、匪賊の襲撃を受けることはなかった。その帰路、森田是政曹長がマレー半島のジャングルに原因不明の不時着をしてマラッカ付近で戦死した。

終戦後のこの時期、連合軍のB－24がシンガポールに偵察に飛んできた。B－24は超低空飛行で各所にビラを撒いた。現地部隊と連合軍の停戦協定はまだ成立していないため、B－24が来るたびに邀撃体勢をとったが離陸せず、通り過ぎたあと一斉に離陸し、超低空で射撃をしたり宙返りや急旋回を繰り返して海上でうっぷん晴らしをした。

「まだ俺たちは戦えるぞ」

という半ばやけくそな示威運動であった。高射砲も航空部隊に呼応するかのように残弾を上空にバンバン撃ちあげた。空はやけに黒い弾幕に覆われた。

その後、停戦協定が成立した。我々の部隊も終戦となった。

プロペラをはずした「隼」がセンバワン飛行場に一列に並べられた。操縦者たちは呆然と立ちすくみ、プロペラがない「隼」を唖然とした表情で見つめた。

私の愛機のプロペラもはずされている。

（もう「隼」に乗れないのか）

ふいに寂寥感が胸を衝いた。私はこのとき初めて敗戦したことを実感した。

八月二十四日、閑院宮春仁王殿下が天皇陛下の名代としてシンガポールに来訪した。

八月二十五日、午前零時をもって作戦任務を解除された。一切の武力行使の停止が命ぜられた。

私の戦争がようやく終わった。

九月二日、英軍がシンガポールに上陸した。英軍は日本軍の抗戦を警戒しながら慎重に進攻した。英軍は計画通り要所を占領していった。日本軍は一切抵抗せず、不幸な衝突はまったく起こらなかった。戦時中の日本軍の戦いぶりからして相当の抵抗があると思っていたであろう。上陸にあたって流血の惨事がひとつも惹起されなかったことは、英軍にとって意外だったに違いない。

マレー半島での抑留生活

昭和二十年九月四日、英軍から、

「シンガポールの陸軍部隊は、翌五日夕刻までにジョホールより北に移動せよ」

との命令を受けた。この命令により、各部隊の驚愕混乱はその極に達した。自動車、荷車、リヤカー、自転車、すべての交通機関を総動員して、えんえん長蛇の列が昼夜を問わず北へ北へと続いた。

当隊はセンバワンを引き揚げ、チャンギーのゴム林内に移動済みであった。そのチャンギーの我が隊も四日の夜、持てる荷物を全部担いで夜行軍を開始した。慣れない徒歩による移動である。

途中、道路脇の水路に生えた灌木に大きな蛍が一面に光を放ち、シンガポール最後の夜を飾ってくれた。

翌朝、疲れ切ってジョホールで大休止をした。そこに英軍から、

「ジョホール付近の日本軍は、明日夕刻までにコタチンギ、クライの線より北に移動せよ」

との命令がでた。またもや移動である。次なる目標を示されて人の列、車の列、馬の列が

延々と続き戦場のような混乱となった。ただし我が隊は現地の中国人からトラック四台を調達したので、人員や糧食を指定場所のポンテアンに運ぶことができたのは幸運であった。

この日の夕刻、またまた英軍から、

「日本軍は、明日の夕刻までにレンガム付近に集結せよ」

との命令が出された。各部隊が大慌てで移動を開始したが、なぜか当隊は移動しなかった。

ポンテアンは、マレー半島のジョホールから北に五〇キロほど行ったところにある小さな集落である。我が部隊はこのポンテアンを仮の住居とすることになり、長期駐留に備えて兵舎や付属の建物などをつくった。ゴム林の中に、茅に似たララン草で葺いた通称「狸御殿」も建てられた。空き地が耕されてカンコンやバイアムも植えられた。

ポンテアンの抑留生活は、当初の一ヵ月は英軍との接触もなく比較的のんびりしたものであった。雨風を凌ぐための宿舎作りと小さな畑の野菜作りに精をだす日々であった。暇をもてあますと手作りの麻雀に興じたり、海岸で海老とりをするのが我々の日課となっていた。

ポンテアンの海岸は遠浅で岸にはマングロープが密生している。蚊帳で作った網で海老が面白いようにとれた。半日もやるとバケツ一杯の収穫がある。もちろん味もよかった。

冗談を言いながらあばら家つくりに精を出し、農家出身の後輩に先輩が農作業の要領を尋ね、海老取りが下手な者はからかわれ、誰それがこんな失敗をしたといっては一同で大笑いした。ポンテアンの生活は二ヵ月近く続いた。この二ヵ月間はこれまでの混乱と緊張の日々から我々を開放し、冷静と自省を得る貴重な時間となった。この二ヵ月で戦争によって変わってしまっていた自分の姿に気づき、本来の自分に戻ったような気がした。

昭和二十年九月の末になると、ポツリポツリと英軍から命令が出始めた。内容はジョホール付近の兵舎や倉庫の片付け等である。その都度、作業隊を編成して作業にでた。

この頃、今後の処置について色々な噂が流れた。明るい噂はひとつもなく、戦犯者として全員処刑されるとか、生涯捕虜となって日本に帰れないとか、あるいは無人島に追いやられて餓死させられるといった内容ばかりであった。噂は消えることなく蔓延し、皆の心を等しく暗くした。

英軍から我々に課せられた最初の作業はジョホールの倉庫の後片付けであった。作業にあたってのチームワークは抜群で手際がよく、割り当てられた作業を予定より早く終わらせて休憩に入った。するとこれを見た英軍将校から、

「作業時間中に勝手に休憩をしてはいかん」

と抗議がはいった。

「なるほどそういうことか」

我々は納得し、これ以後は決められた時間をめいっぱい使い、無駄話をしながら作業をするようになった。我々に苦情を入れた将校は何かとやかましかった。この将校のことを我々は、

「ボーイング中尉」とあだ名をつけて陰口を叩いていた。大型爆撃機のエンジンのようにうるさいという意味である。

作業隊を管理しているのは英軍であるが、直接監督していたのはインド人の下士官や兵であった。監督にあたるインド人は将校も含めてきわめて人が良く、英軍将校がいなくなると我々にたばこを勧めたり、見張りに立って休ませてくれたりした。

しかし、同じ英印軍でもターバンを巻いていないグルカ兵は我々に厳しい態度で接した。恐らくビルマ戦線で日本軍に苦戦して悩まされたからであろう。

グルカ兵はネパールの山岳民族である。そのためインパール作戦の山岳戦では最前線で戦闘を行なった。そして日本軍の執拗かつ果敢な攻撃によっておびただしい死者をだしている。おそらく多くの戦友を失った恨みが強いのであろう。グルカ兵が日本兵捕虜にみせる態度は硬く冷たかった。

ポンテアンのゴム林の生活は、作業隊の作業をのぞけば特にやることもない。おだやかで平穏な日々であった。心にゆとりを取り戻した我々は演芸会を催した。この演芸会は大いに盛り上がり、敗戦によって打ちひしがれた我々の心を慰めてくれた。

コックリさん占いが流行したのもこの頃である。夜になるとあちこちで始まり、故郷に何時帰れるのかなどを占ったりしていた。

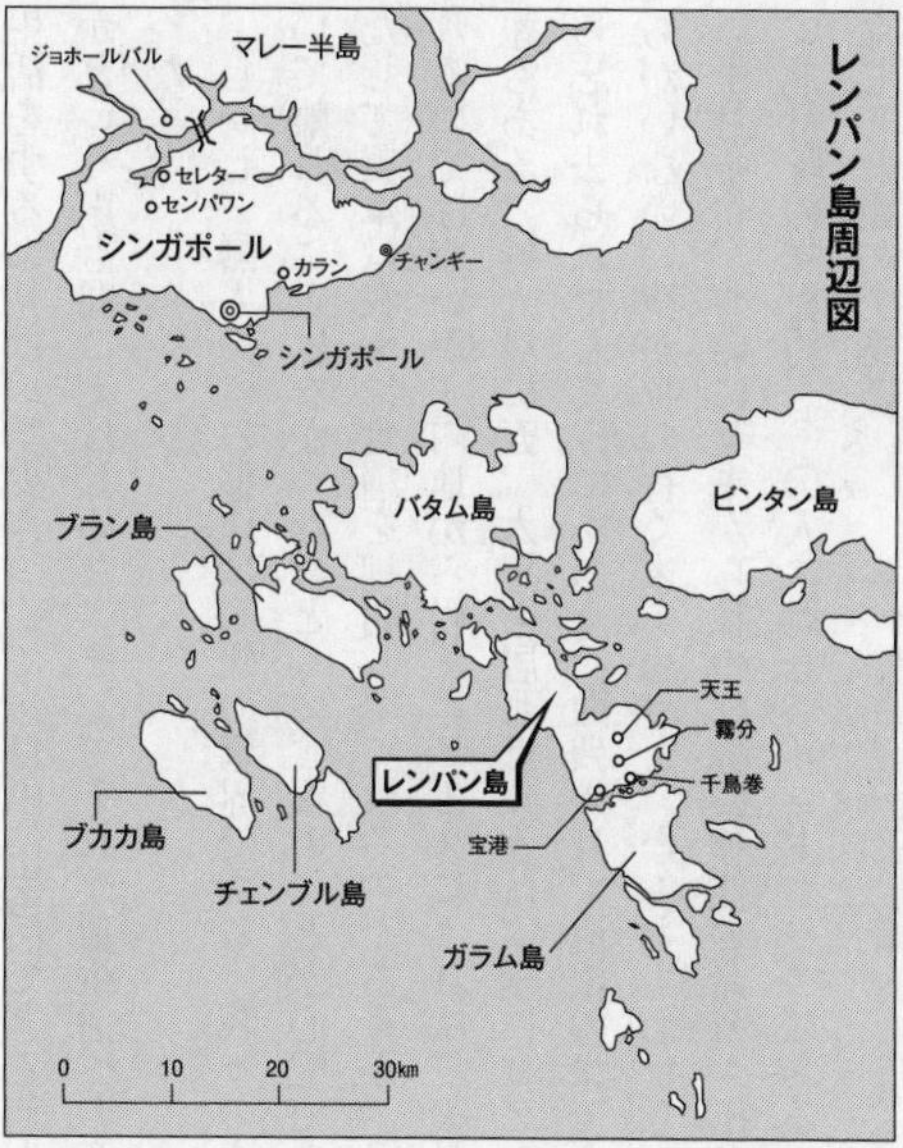

無人島へ

本来、シンガポールを含む南部マレーの日本軍は第七方面軍の直接指揮下にあった。しかし英軍との終戦処理に対応するため、新たに第三航空軍を主体として南部マレー軍が編成された。この南部マレー軍が編成された時期に、我々の移駐問題が少しずつ噂に上るようになってきた。そして、日本に対する報復手段として捕虜を無人島に送り、半分以上を餓死させるというデマがまことしやかに飛んで我々を怯えさせた。この無人島説は日を追うごとに強まり、もはや厳然たる未来のごとき様相を呈しはじめた。

無人島での生活はここよりもはるかに辛いものになるであろう。それでも厳格な監視の元で窮屈な生活をするよりは、多少きつくても自由に生活できる無人島に行ったほうがいいのではないかという声も聞こえはじめた。そしてそれが新生活への意欲となって日ごとに強くなっていった。

しかし、無人島への移住は未知の世界である。我々の心には不安の影がつねにまとわりついて離れることはなかった。とくに食糧のことが心配であった。無人島に行ったとして、はたして英軍は我々に食糧を補給してくれるのだろうか。そのまま永久に南海の孤島に放置されるのではないか。内地から届くニュースによれば、復員までに五、六年はかかるという情報もある。無人島に五、六年も居れば我々は完全にロビンソン・クルーソーである。世間から忘れ去られてしまうであろう。敗残の身で流浪の果てなき旅に運命を任せることになるにちがいない。我が身の行く末を思うと、なんともわびしい限りであった。

十月中旬、ついに英軍から私の部隊に移住の命令が出された。私が所属していた第十七錬成飛行隊の隊員約二〇〇人に対し、インドネシアにあるレンパン島という無人島に行くよう命じられたのである。

噂がついに現実になった。

「レンパン島」という島の名前をこのとき初めて聞いた。どこにある島なのか。どんな島なのか。果たして生きて帰れるのか。希望が見えない無人島での抑留生活がいよいよ始まるのである。

レンパン島は、現在のインドネシアの島の一つで小豆島くらいの広さである。赤道直下に位置し、全島、熱帯雨林に覆われている。シンガポールから約五〇キロの距離にある。船で約一〇時間くらいだろうか。

我々がレンパン島へ行くには、まずマレーのクルアン飛行場にある英軍の検問所の通過が第一関門となる。我々はクルアンの近くにあるメンキポールの宿舎に集結して一泊し、翌日、クルアンの検問所に向かった。

戦犯尋問

クルアンには鉄条網が厳めしく設置され、宿泊キャンプ、検査場、検問所などが並んでいる。要所要所に高見櫓式の監視所があり、銃を持った兵士が監視していた。

クルアンの場内に続々と日本兵たちが入ってゆく。ひとつの梯団が一〇〇〇名くらいである。膨大な数であった。各梯団はこれから携行品検査場と検問所を通過したあと、クルアンからシンガポールまで鉄道を利用し、シンガポールのケッペル港から五〇〇〇トン級の貨物船でレンパン島に渡る。

ただし、クルアンで戦犯容疑者となれば抑留されて裁判にかけられる。そこで有罪となれば刑務所に行き、死刑の判決がでれば処刑される。仮に戦犯の容疑を免れて無罪放免となっても無人島行きが待っている。行くも地獄、残るも地獄という苦しい状況に我々は置かれていた。

レンパン島に持ち込める部隊の携行品はトラック二台分までと制限された。各個人の荷物も軍服二着、襦袢三枚などと細かく制限された。我々は急いでリュックサックを自作し、荷物を詰め込んでここクルアンに来た。

何を置いて何を持っていくかは迷うところであった。時計などの貴金属や写真などが携行を許された物である。それ以外の物を持っていくと黒キャンプ（戦犯容疑者の宿舎）に入れられるという噂があった。その他に俘虜を扱った経験がある者は即、戦犯容疑で黒キャンプ行きだという話もあった。疑いがなくても英軍将校の気分ひとつで戦犯として扱われるなどと言う者もいた。飛び交う噂に我々の心は乱れ、明日の検査のことを思ってだれもが怯えた。

クルアンの朝をむかえた。第一日目である。朝八時から検査場に入る。ターバンを巻いた背が高いインド兵が立っている。そのインド兵が前に立って検査場に我々を案内する。

緊張が高まる。私は捕虜を扱ったことなどない。原住民との接触もほとんどなかった。

しかし、敵機撃墜の軍歴がある。私が連合軍の兵士の命を奪ったことは疑いがない。この点について追及されれば言い逃れはできない。当然、連合軍としては報復措置に出るであろう。場合によっては極刑になるかもしれない。

「いよいよこの日がきた」

と覚悟をきめる。まず手荷物検査である。囲いのある検査場に入る。囲いは一〇ヵ所くらいに分割されて切符売り場のようになっている。その囲いのなかに一列になって入り、順次、荷物検査を受ける。

　検査官は英軍将校である。インド兵三名が補助する。荷物を机上に広げる。疑わしいと思う物があると英軍将校が手にとって調べた。検査が終わって英軍将校が頷くと、インド兵が脇に広げた毛布に荷物を無造作に放り込む。このとき、めぼしいものがあればインド兵が自分の袋にこっそり入れる。検査が終わった者は荷物を毛布にくるんで肩に担いで外にでる。一人三分で検査は終わった。

　外に出ると荷物整理の場所に行く。そこで毛布を広げてリュックに詰め替えるのだが、荷物を広げてみると時計や万年筆や剃刀がなかった。これは私だけではなかった。あれがないこれもないという声があちこちからあがり、騒然とした雰囲気になった。貴重品のほとんどを没収されてしまったのである。この検査は午前中に終了した。ホッとした気持であった。荷物整理が終わった者が五〇人くらいまとまると移動開始である。順次、鉄条網に囲まれた白キャンプに入れられた。この日はそこで一泊した。

　浅い眠りのまま朝が来た。問題の二日目である。本格的な口頭尋問の日である。私は戦々恐々とした気持で落ち着かなかった。

　尋問は朝八時からである。我々の心を最も深刻にさせた戦犯追及がいよいよ始まる。マレーを離れる者は総てクルアンの検問を通らなければならない。そして尋問によって戦犯容疑があれば黒キャンプに送られ、なければ白キャンプに行ける。容疑不明者は灰色キャンプに入る。黒キャンプは四囲を鉄条網で囲んで四隅に監視所が建っている。重い空気が漂う陰鬱な雰囲気であった。果たして自分は何色になるのか。撃墜記録があるだけに前途は不安極まりない。

全員を五人一組にし、一人ずつ訊問を受けた。まず階級、氏名、本籍地を聞かれる。その後に戦犯関連の質問がある。質問の内容は、連合軍の捕虜を扱ったことがあるか、憲兵を個人的に知っているか、光機関(諜報機関)を知っているか、原住民を指導したことがあるかなどであった。憲兵の特定と捕虜虐待者の捜索が目的であった。皆、必死の表情で質問に答えていた。

終わると通訳の「ヨシ」の声で幕舎の外へだされた。

「ヨシ」

と言われて二、三歩あるき、

「チョットマテ」

と呼ばれて顔面蒼白になった者もいた。終わって席を立つときに敬礼を忘れ、途中であわてて敬礼をする者もいた。尋問官は英人の将校が多かったが、二世だと思われる日系人もいた。尋問する人たちは言葉使いも丁寧で不快な印象はなかった。

私の尋問は型通りの質問で終わった。

「ヨシ」

と言われて外に出た。私には撃墜経験があるため、

「戦犯になるんじゃないか」

とずいぶん心配したが、これで無罪放免となった。

結局、尋問は連合軍の飛行機撃墜には触れなかった。これはすべての操縦者に対してそうだった。多数の爆撃機を撃墜した金沢君も一切おとがめなしだった。尋問は戦闘行為は罪にならないという前提で行なわれた。これはイギリスもアメリカも同じだった。おそらく連合軍による全ての戦犯追及で統一されていたのであろう。空中戦闘で多数の撃墜数をあげていた操縦者であっても戦犯になった者は一人もいない。

戦犯の対象になるのは戦闘以外で捕虜や原住民を殺したり虐待した将兵たちである。航空部隊のなかでも地上勤務員は捕虜をあつかう場合がある。そのため地上部隊の中から戦犯容疑者がでたという噂を聞いた。

私の部隊が全部終了するのに午前中いっぱいかかった。訊問がおわった。係員に誘導されて隣りの部屋に行く。ここでやっと白紙のスルーパスが渡された。私の部隊で戦犯の容疑をかけられた者はいなかった。一同、ホッと安どのためいきを漏らした。これで天下晴れての白キャンプ入りである。

航空部隊は捕虜を扱うことはなく、現地人と接触することも稀であったから、容疑がかか

終戦後の昭和20年9月、シンガポールからレンパン島へ向かう輸送船の日本兵。マレー、シンガポール方面から10万人を超える日本兵が同島に送られた

る可能性はもともと薄かった。しかし戦犯追及については濡れ衣も多いという話であったし、どういう理由で黒キャンプ行きになるかもわからなかったため、不安は最後までぬぐえなかった。それだけに全員の白キャンプ行きが決まったときは嬉しかった。

レンパン島

夕刻、キャンプを出てクルアン駅に向かう。ここ数日間で最も心を悩ませた検問も呆気なく終わってホッとした。心の緊張がほぐれてぐったりと疲れてしまった。

クルアン駅から汽車にのる。目指すはレンパン島である。狭い貨車の中で眠り続けた。陽もいつしか暮れた。汽車はシンガポールの港に向けて椰子林の中を走り続ける。

翌朝、我々を乗せた日本の貨物船が、ケッペル港を出港した。ゆっくりとした速度で南下する。左右の名も知らぬ島のなかを船が走る。その見知らぬ島のマングロープの密林に原住民の住家を見つけた。

「なるほど。ああいう感じで生活できるのか」

と心が少しだけ軽くなった。無人島という未知の世界に行く者にとっては、原住民の生活が希望の光のように輝いて見えるのである。

航行すること約一〇時間、水平線にレンパン島が姿を現わした。東経一〇四度一〇分、北緯〇度五〇分の位置である。東方のリオ海峡の向こうにビンタン島が見える。西方のダリアン海峡をへだててスマトラ島の巨大な影が霞んで見える。

そのとき天がにわかにかき曇り、蒼然たるスコールが来襲した。雨が轟然と降り注ぐ。天から降る水滴が激しく船を叩いた。

スコールはすぐに去った。レンパン島の西海岸が鏡のように凪わたった。のどかささえ感じる。さきほどの豪雨が嘘のようだ。我々を襲ったスコールは、これからの無人島生活を象徴するかのような不吉な激しさを思わせた。明日からのこの島の生活を考えると、心の中にしこりのような重さを感じた。輝く陽光のなかに立つ私の気持は暗く沈んでいた。

レンパン島には白い砂浜の南国の景色がない。海からいきなり隆起した島の表面に陰鬱な

レンパン島の港。中央に見える丸太製の桟橋では、多数の日本兵が作業中

影を落とす樹木が鬱蒼と覆っている。急斜面のところどころが崩れ、赤土がむき出しになっているのが異様であった。

船が投錨した。大発艇が白波をたててやってきた。一回に八〇人までしか乗れないという。何回か順番待ちをして私も乗り込む。大発艇が小島を縫いながら水道を静かに進む。入り江だと思っていたが奥まで続いていた。水道の幅は四、五〇〇メートルであろうか。ここがレンパン島とガラム島の中間にある早瀬水道である。大発艇は海底の珊瑚礁が船底に接触しないよう注意しながら水道を進む。進むにつれて周囲に展開する風景が変わる。

(ここはどんなところなのか)

我々は目を皿のようにしてあたりを見回す。左舷に貧弱な港が見えた。小さな漁船が着岸できる程度の粗末な桟橋がある。きけばここが宝港とのこと。この小さな港がこの島の主要港なのである。名前と余りにもかけ離れた、みすぼらしい港であった。

宝港を過ぎた。大小さまざまな島の間を縫うように進む。急に水道が広くなり目的地である千鳥港が左舷に迫ってきた。艇は細心の注意を払いながら横付けされた。

「下船」

の声がかかる。桟橋を渡る。丸太で作った粗末な桟橋である。乗るとぐらぐら揺れる。そこを慎重に歩きながら島に渡った。赤茶けた平地が眼前に広がる。我々はついにレンパン島の土を踏んだのだ。なぜか激しい感動が五体を駆け抜けた。

部隊携行品の荷下ろしが終わった。これから我々の移住先である「天王」に向かう。レンパン島にはすでに数万に及ぶ日本人捕虜が上陸しており、島を区分して各部隊の居住区に日本の地区名をつけていた。私の部隊が指定された場所は島の中央部の「天王」であった。

出発までの休憩中、我々が捨てたタバコの吸い殻を集め、首から紐でぶら下げた空き缶に大事そうにしまう日本兵の姿があちこちに見えた。先着して無人島生活を始めていた他部隊の兵である。やつれ切った顔、やせ細った身体、ボロボロの衣服、目に精気はなく、口はだらしなく開き、地上に落ちている物を捜しながら猫背でそろそろと歩く。その姿は浮浪者そのものであった。

「これが日本兵か」

とあきれる思いであった。我々は、「レンパン乞食」と言ってあざけ笑った。自分たちが後日、彼らと全く同じ姿になるとは、このときは夢にも思わなかった。

港で休憩をした後、二人一組になり、マレーから持参した衛生材料と開墾のための農耕器具や各種野菜の種子等を担ぎ、目的地である「天王」にむかって泥濘のなかの行軍を開始した。

港付近の赤茶けた広場の先には背丈を越す雑草の原野がある。その向こうには千古斧を入れざる原始林がどっしりと控えている。道と言えば雑草に埋もれた畦道があるだけだ。これがこの島の幹線道路なのだろうか。

三〇分ほど歩いた頃から道路が無くなった。我々は沼地に入り込んだ。泥濘にすべり、木の根につまずきながら進む。そこへスコールが沛然と襲ってきた。あっという間にずぶ濡れになった。スコールはわずかな時間で通り過ぎた。再び出発である。足をとられながら必死に進む。そもそも航空部隊は歩くことに慣れていない。歩くための足腰ができていない者たちにいきなりの難路である。

「なんという苦痛の行軍か」

と誰もが顔を歪めながら歩く。やがて沼地が終わり、小高い丘の頂上に辿り着いた。他部隊の宿営地になっている「霧分」である。私の部隊はここで露営をすることになった。各人が灌木に携行した天幕を張って雨露をしのぐ。朝方、雨になった。暁の土砂降りの雨にレンパン島第一夜の夢は破られた。朝飯もそこそこに再び「天王」に向けて行軍を開始した。途中何回か休憩しながら約五時間かけてようやく到着した。到着と同時に夕食をとる。その後は就寝となった。原野にロクな装備もないままの野宿である。この時期のレンパン島は雨期であった。決まって夜明け前に訪れる強烈なスコールに悩まされた。南国の豪雨に携帯天幕は何の役にも立たず濡れそぼった。

ゆるい丘の斜面に位置する「天王」は一面原生林に覆われた地形であった。宿舎もなにもない。我々はこの日から食べ物と住まいの心配をしなければならなかった。

飢え

我々が持参した食糧は米四合だけである。後は野菜の種やタピオカ（芋の一種）の苗だけ。イギリスから配給される一日の米はわずか二八〇グラムである。

部隊では早速、伐採班、農耕班、建築班を編成して永住のための作業に入り、現地の木を使って慣れない手つきで小屋を建てた。一応ではあるが小屋らしきものができた。

しかしどうしたわけかこの島は茅材が乏しい。茅は雨を防ぐための屋根にどうしても必要である。すぐに部隊から捜索隊を編成して出発した。捜索隊は密林をくぐり湿地を抜けて数キロ先まで探しに出かけていった。茅で屋根を作らなければ雨を防げない。粗末な携帯天幕ではスコールとともにつま先までずぶ濡れになる。全員がひざを抱えてガタガタ震えなければ

レンパン島の密林で伐採作業中の抑留日本兵。昭和20年10月の撮影

ばならない。

それだけに捜索隊が苦難の末に茅類の葉をみつけてもどったときは、一同心からの拍手をもって出迎えた。すぐに応援部隊を編成して茅の収集と搬送を行ない、集めた茅で屋根を葺いた。これでなんとか雨をしのぐことができるようになった。

我々は靴下などの袋に野菜の種を入れてたくさん持ってきた。我が部隊に豊富なのはこの種だけであった。今から密林を開き、荒地を耕し、種子を撒き、肥料を与えて育てる。収穫までに二、三ヵ月はかかるだろう。それまでの間をわずか一日二八〇グラムの米でどうやって生き抜くのか。このことを思い皆の顔は苦悩に曇った。

こうなったら作物の収穫までは食べら

れる野草でしのぐしかない。しかしレンパン島は食用になる野草が乏しかった。わずかに羊歯の芽がある程度である。この羊歯は噛むとにがくて吐き出すほどアクが強い。その他には野牡丹の若芽と蘭の葉のような若芽があった。こうした密林の名前も知らない植物を採り、苦労してアク抜きをした後に貧しい食膳に供せられた。

レンパン島は密林に覆われた島であるが、大きな樹は少なく豆科の細い木が繁茂している。巨樹は成長しないようだ。よほど土壌に栄養分がないらしい。鍬や円匙《えんぴ》（携帯用のスコップ）で台地を覆う蔓を払い、土を耕す。見渡すかぎりの林と湿地は、我々を嘲笑うように広がっている。我々は目尻をあげてジャングルの伐採に挑む。しかし器具が乏しい。素人が使うようなチャチな道具しかない。やむを得ず比較的細い木から伐採を始めた。ノコは両端に取っ手がある。それを二人一組で声をあわせて引いた。

時間はかかったが密林は少しずつ拓けていった。それに反比例するかのように我々の体力はみるみる衰えていった。

苦労して倒した樹木を重ねて火をかけた。しかし、ようやく火が点いて燃え始めても突然のスコールで消えてしまうことが多かった。雨が過ぎると濡れた木が虚しく焼け残り、据えた臭いが立ち込める。真っ直ぐに立ちのぼるくすぶった煙を見上げながら、我々は呆然と立ち尽くした。

食糧問題

レンパン島に入島以来、我々が最も心配した食糧問題は、上陸後二、三日すると深刻な現実の問題として迫ってきた。島の生活は食に始まり食に終わったと言っても過言ではない。何を食べるか。どうやって食いつなぐか。今日は何が食えたか。明日は何を食べられるのか。食べることだけを考え、食べるためだけの生活を強いられた。

上陸のとき、我々は四日分の食糧（米四合）のほかの食べ物の携行を許されなかった。それでも上陸後の四日間は食糧もあったし、体力もあったのでなんとかなった。しかし、その四日を過ぎると油が切れた機械のように活動力がぐんぐんと目に見えて目減りしてきた。

英軍からの食料の支給もあることにはあった。

英軍から補給食糧の定量として十月二十四日、次のように示された。

精米二八〇グラム
砂糖二八グラム
食塩八グラム
味噌三〇グラム
食油二〇グラム
乾燥野菜五〇グラム

茶三グラム

精米二八〇グラムと示されたが、我々の手元に届くまでに搾取され、中間の目減りで実質的には二六〇グラム位に減っていた。砂糖や食塩はほとんど支給されなかった。途中で誰かが盗ってなくなり、我々はわずかな米と茶がもらえるだけであった。たちまち栄養失調に陥った。特に蛋白資源の不足が深刻であった。一週間もすると栄養不足で骨と皮になっていった。骨皮筋衛門という形容がぴったりの相貌になっていったのである。

入島後一週間で歌を歌う者がいなくなった。鼻歌すらなくなった。全員無言になった。一〇日たつと皆の顔から笑いが消えた。冗談を言う者もいなくなった。

食事の量は、朝は八〇グラムの粥、昼は四〇グラムの重湯、夜は一四〇グラムの飯であった。

各食とも白い米が一粒も見えないくらい野草を入れた。おかずは塩である。味噌は特別なときの御馳走であった。各部隊は競争で海岸に漁労隊や製塩隊を送り出した。しかし魚は潮流の関係か全然獲れず、たまに網に入る小魚も我々の食膳には届かなかった。

製塩班は炊事用の大釜に海水を汲み、枯れ木を燃やして焚き続け、丸一昼夜で飯ごう一杯の赤い塩をつくった。しかし、苦労してできた塩はニガリがあって食用にならなかった。その後、製塩の知識がある兵の助言で速成の蚊帳網を使ってニガリを除いた。これで白い塩が豊富に製造できるようになった。

こうした事情から塩と野草は豊富にあったが、蛋白源は全く採取できなかった。蛋白質不足は体力と気力を容赦なく奪った。朝起きて顔を洗い終わると、皆ゴロリと横になる。やがて飯粒が数えられるような粥が配られるとノロノロと起きあがってすする。すすり終えると朽ち木が倒れるように寝込んで作業開始の時間を待つのである。

飢餓生活

さらに一〇日が経った。全員がどんどんやせてゆく。そして杖を持たないと歩けなくなるほど衰弱した。チフスやマラリアで寝込む者もでてきた。入島してからわずか一ヵ月で余力が完全になくなった。

食べるものがなくなると、あらゆるものを食べた。ヘビ、トカゲ、見慣れない野草、虫、動くもの口に入れられるものは何でも食べた。こうした悪食が身体にいいわけがない。栄養不足は容赦なく体を蝕んだ。初めはむくむ。それから痩せる。そして骸骨のようになる。栄養失調の影響で脈拍が減った。三〇位しか無いと騒いでいる者もいる。皮膚を押さえると白く凹んだまま元に戻らない。便も出なくなる。便所には四、五日行く必要がなかった。誰もが便意を失った。ときたま便所に行くと、しゃがんで二、三〇分も力んだ末に、やっと兎の糞のようにころころ小さく固まった真っ黒い便が出た、排泄が悩みの種であり一番の苦痛でもあった。骨と皮になった我々は顔だけが飢餓のためにむくんだ。飢餓浮腫である。「レンパン浮腫」と呼んでいた。

夜はなかなか眠れない。腹が空くため水をよく飲んだ。水ばかり飲むせいか、夜中に三、四回排尿で起きるのが通例となっていた。自然と眠りも浅くなる。睡眠不足が体力をさらに奪って我々を苦しめた。

朝食が終わると芋虫のようにごろ寝をする。八時頃になると、よろめく足で鍬やシャベルを肩にジャングルに向かう。杖は絶対の必需品であった。枯れ枝で自分に合った杖を自作した。

皆よく転んだ。なにもつまずくものがないのに本当によく転んだ。足をあげる筋力が失われてしまったようだ。誰もがそろそろと老人のような足取りで歩いた。二十代の若者たちとはとても思えない光景であった。

一食につき一椀の粥があてがわれる。これが命をつなぐ糧であった。食事になっても無言である。全員黙々と粥をすする。できるだけゆっくり、少しずつ、時間をかけてすする。美味い不味いは問題ではない。栄養も気にしない。量だけを気にした。他の者と比べて一粒でも米が多く入っていないか、あるいは一粒でも少なくはないか。それだけが気になる。量の多寡がすべてであった。ギラギラした目で自分の飯の量を見る。そして、隣りの者の飯の量と比べて得心したり悲憤したりする。粥をすすり終わるとお茶で椀をよく洗って飲み干す。

一滴の糊といえども残さなかった。

各部隊とも野草取りが盛んに行なわれた。一週間もたつと宿舎の周辺にあった野牡丹も羊歯の芽も丸坊主になってしまった。やむなく野草採取班が半日あるいは一日がかりで遠くまで出かけるようになった。

ある日、野草採取班がニシキヘビを発見した。

「それ」

とばかりに追い回し、悪戦苦闘の末にこれを捕らえた。体長約五メートル、胴回り一五センチほどの大物である。その名の通り錦のような紋様があってなかなか綺麗である。夕食はニシキヘビの炊き込み粥となった。肉片が浮かぶ粥の表面が油でぎらぎらと輝いている。久しぶりの蛋白源の補給に誰もが大興奮であった。この夜は皆、深夜まで寝つかれず、ぼそぼそと話す声がいつまでも続いた。

とにかく、動くものであれば虫でも爬虫類でもなんでも殺して食った。自然の生き物に対する情けなど皆無であった。動物も植物も単なる食欲の対象でしかなかった。たまに自分の身体を見る。皮膚は肋骨にぴたりと張り付き手足は痩せ細っている。丈夫になったのは胃腸だけである。悪食を繰り返しても腹もこわさない。なにを食っても堅くて小さなコロコロした兎の糞のような便がときたま出るだけであった。

日に日に我々は動物と化していった。否、そうではないかもしれない。動物は自分に必要なもの、あるいは好むものを食う。無差別に手あたり次第には食わない。その意味では我々は動物以下だったであろう。とにかく食える物はすべて食った。トカゲ、蛇、ネズミ、さらにはバッタなどの虫まで食膳に上った。しかし天は非情であった。この島はマレーに比べて生き物が極めて少なかった。小さな虫といえどもなかなか見つからず、たまに見つかっても捕獲するのは困難であった。野豚が出没するという噂は聞いていたが、天王地区では姿を見せなかった。猿は時々見た。

「猿をとって食おうではないか」

と真剣に討議し、捕獲を試みたことがあった。しかし、俊敏な猿たちは栄養失調の我々を冷笑しつつ木から木へと文字通りましらの様に逃げ回った。

「銃があればなあ」

と我々は地団駄を踏んで悔しがった。

手作り宿舎の裏手の丘の中腹に、柿のような実がなる木があった。我々は木の実が熟すまで待って食おうと思い、一本だけ切らずに残した。不思議と猿もこの木には近寄らなかった。ある日、頃はよしと皆で切り倒して木の実を集めた。大ざる二杯分位の実がとれた。食ってみると渋くて堅い。煮ても焼いても喉を通らない。なるほど猿も食わないわけである。

この頃、島内で食中毒が流行っているという情報が頻々と入ってきた。海鼠を生のまま食べて死んだ者がいるという話もあった。蟹を食べて二人が死んだとも噂されていた。その他に、なんだかわからない木の実を食べて死んだ、南洋大根の種をこっそり煮て食べて死んだ、ゴムの若葉を食べ過ぎて将校が死んだなどの噂が飛び交った。真偽は不明だが、食い物で死んだ者が多数でたことは間違いないようだ。とにかく食い物がない。この島にいる者たちは全員が飢えた。米の飯を腹いっぱい食いたい。それだけが我々の望みだった。そしていつしかレンパン島の名をもじって、

「恋飯島」

と呼ぶようになった。

英軍から支給される糧秣の受領は、皆にとって泣きたいくらい辛くて苦しい作業であった。宝港の倉庫まで一〇数キロの道を食糧運搬に行く。山の中の道である。往路が三時間、帰路に四時間かかる。各人一〇数キロの食糧を背負う。これがやっとであった。一週間分の糧秣を受領するためには部隊全員が他の仕事を休んで運ばなければならない。この運搬作業を妨害するのが雨である。まったくこの雨にはなにかと悩まされた。

十月は雨期の最たる時である。雨量は約七〇〇ミリを越える。雨具などない。雨に打たれた身体に疲労と飢餓そしてマラリヤなどの熱帯病が襲いかかる。雨と飢餓は、我々にとっては正に前門の虎、後門の狼であった。

それでもこの悲惨な環境下の重労働をなんとか遂行できた。これは強靱な組織の力があったからだと思われる。部隊全員で力をあわせてがんばろうとする意識が、私を支えてくれた

ように思う。個人がバラバラに生活していたらとても生きていけなかった。

日を追うごとに我々の体力は低下していた。二十代の若者でありながら宿舎から五〇メートル足らずの農耕地に行くのがやっとであった。到着すると最初に行なうのが休憩である。木陰に戻って呼吸を整え、水を飲み、汗がひいてからゆっくりと立ちあがり、ノロノロと作業に入る。

こうした必死の努力によって少しずつではあったが開墾が進んだ。畑がだんだん大きくなる。

次に問題になったのが肥料である。この島は大部分が水成岩で形成されている。土壌が粘土質であるため地上の動植物からもたらされる栄養分はほとんど含んでいなかった。肥料は人糞尿が頼りであった。しかし土質の関係で糞尿を土壌にかけてもなかなか沁み込まない。雨が降ると水流が川のように地上を流れて肥料を洗い流してしまうのである。この問題を解決するため焼土によって基肥または追肥することになった。いわゆる焼畑農法である。

以後、あちこちの畑で白煙が上がるようになった。

英軍のレーション支給

昭和二十年十一月下旬、

「内地への引き揚げ船が到着した」

との噂が流れた。しかしこの船は引き揚げ船ではなく、リシュリー号という英国の貨物船だった。英軍の船が食料を積み、レンパン島の日本兵に補給するために到着したのである。

疲労と飢餓に喘ぐ我々の唯一の光明は揚陸された大量の食料である。そして最大の関心と心配はその食料の行く先であった。

英軍はいつこれを我々に渡すつもりなのか。渡すことなく保管をしておき、我々が餓死した後の墓にお供えでもするつもりではないのか。空腹に耐えかねた兵が暗夜に倉庫に忍び込んで逮捕されたというニュースも流れた。この十一月の始めから十二月初旬までが一番辛い時期であった。

昭和二十年十二月八日、四年前の同日に、日本がアメリカの真珠湾基地にたたきつけた爆弾の返礼は、英軍のKSレーション支給という皮肉な現実をもって報いられた。

これに先立ち、英軍は次の指導をとっていた。

・精米を計器ではかって正確に配給すること。

・各人にミルク一缶を支給すること。

等である。これは瀕死の病人に対して打った起死回生の注射であった。この措置によって皆の浮腫は徐々に終焉していったのである。

十二月八日午前、各隊に英軍のKSレーションが支給された。

KSレーションは軍事用の食糧（「口糧」という）である。一日分の食糧が小さい缶の箱に入っている。英軍から、

「この一日分を三日間かけて食べること」

と指示された。その外に米も支給された。これで一食はKSレーションを食べ、二食は飯と粥を食べることができるようになった。

食事が始まった。皆、楽しそうにビスケットの包みを開けた。チョコレートを取り出す。肉スープの元を出してお湯に混ぜる。肉の香りがプンと鼻をついた。ウキウキした表情でチーズの缶詰を切る。チョコレートを囓る。互いに顔を見合わせてドッと笑った。この島に到着して初めて心から笑った。

KSレーションの中身は、チーズ、豚肉、チョコレート、煙草、ガム、ビスケットなどである。カロリーは高いが量が少ない。全部食べても食べた気がしない。三日間で食べよと言われたものを一食で食べてしまった。

豊穣の島

昭和二十一年の新年が訪れた。再建に向かう日本の新しい門出の年である。部隊では正月を迎えるための計画を立てていた。正月用に毎日の米の中から各人一杯ずつを隊で蓄積していたのである。

正月の朝、部隊全員が集まった。和やかな雰囲気であった。皆で「年の始め」の合唱となった。この正月のことは忘れられない。本当に久しぶりの朗らかな団らんのひとときとなった。

元旦の午後、部隊合同の演芸会が行なわれた。皆で思い出の歌を思いっきり歌った。出し物は各人の素人芸である。うまくいったと言っては笑い、失敗したと言っては笑った。演者が上手でも下手でもみんな笑顔で拍手をした。暗い表情をした者はひとりもいなかった。食の充実はこうも人を和やかにするものかと不思議に思うくらいであった。

一月四日からは英軍から定期的に食料が支給されるようになった。十二月に支給された携帯用のKSレーションと同じものである。アルミの平らな缶に入っている。中身を食べ終えるとアルミ缶が残る。誰かがアルミ細工を始めた。これが大流行となった。煙草箱、石鹸箱、箸箱、ノートの表紙などが次々と作られた。

一月末から二月にかけての一ヵ月はほとんど雨が降らなかった。朝夕丹精して育てた作物が赤みがかってきた。枯れる兆しである。これは大変と、遠くの川から水を汲んで来てたんねんにかけ、かろうじて野菜の命を繋いだ。

三月に入ると再び雨期が訪れて作物の生長が好転した。野菜たちは雨を受けてめきめきと日ごとにのびていった。この島の農耕に当たって英軍から、主食七、副食三の割合で栽培するように指示された。当隊では開墾された畑の大部分でタピオカを栽培した。

四月に入った。栽培で成績が良かったのはやはりこの地に合ったタピオカ、バイアム、カンコン、蔓紫であった。

この時期、

隊長も野良の仕事は初年兵

抑留の試練の畑と思い打つ

植えた汗舌で味わう南瓜かな

こうした戯れ歌が流行った。歌う声と笑い声が絶えず「ゆかり園」（我が部隊の畑の名前）を賑わしていた。

昭和二十一年四月末から内地への送還輸送が始められた。

振り返れば死の島と言われた「レンパン島」は決して不毛の土地ではなかった。原野の土地は最初は不毛であった。しかし天は豊かに雨をそそぎ、太陽は陽の光を惜しみなく恵み、丹精込めて開拓した大地は作物を育ててくれた。人間の努力によって不毛の大地は豊穣の大地へと生まれ変わったのである。

食が満ち足りてようやく人々は感謝の心を取り戻した。眼を閉じて入島以来の苦労を思う。昨年の十月、十一月の苦闘が嘘のようである。

空腹はレンパン島に住む者の避けられない宿命であった。しかし全世界の食糧危機が叫ばれていた昭和二十一年の半ばころ、他国の食糧事情に比べればレンパン島は豊穣の島であり極楽の島になっていた。畑には様々な作物が豊かに実り青々と葉を広げている。英軍から支給される食料も備蓄できるようになった。「死の島」と呼ばれ、「恋飯島」と言われたレンパン島は、抑留者たちの努力によって空腹とも栄養失調とも無縁の世界になっていた。

四月になると静、追分、北里に約四キロの自動車道が完成していた。千鳥港と霧分の間にある膝を没する湿地には長い渡橋も架けられた。丘は切り開かれて立派な道路となった。今やこの島の相貌は一変した。幹線自動車道路が南レンパン島の大半を開通したのである。見晴らしの良い道路の脇にあずまやも建てられた。整った風景が我々の心を癒してくれた。

帰国

四月二十三日、島内の各部隊長が集められた。そして、ついに、内地送還に関する具体案が示されたのである。何度も夢に見た。流れるデマに一喜一憂した。何度もあきらめかけた内地送還が現実になったのである。その計画は、

五月にリバティー船一四隻

六月には毎日一隻

合計三〇隻が送還のためレンパン島に来る。

そして六月をもってレンパン島からの内地送還を完了する。

というものである。我々は夢かと思い、顔をつねったり、眼をこすったりして喜んだ。蒼空の下、歓喜の歓声がレンパン島を覆った。

五月八日、私はリバティー船に乗船した。

五月十八日、名古屋港に到着した。

検疫の後、五月二十日に、私は故郷に復員した。

レンパン島における約八ヵ月間の生活は、生の欲求と自然との戦いであった。さらに悪疫との血みどろの死闘でもあった。食糧不足と膨大な作業の要求、さらに宿舎やその他の環境は不備に満ちたものであった。不衛生で不便な日常生活、南方特有の炎熱酷暑とスコール等の厳しい気象条件、原始のジャングルは悪疫跳梁の温床であった。栄養失調となり、抗体をもたず、島の生活に慣れない我々は生きるか死ぬかの瀬戸際に追い込まれた。

数万（推定延べ一二万人）に及ぶ軍人が無人島に上陸させられ、困難な環境下で生活することは未曾有の経験であった。しかし、抑留期間が一年と短かったこと、各部隊が必死の努力により自活生活を行なったこと、十分ではなかったが英軍が食料を供給したことが幸いし、餓死者をださずに抑留生活を終えることができた。私の部隊でも誰も死ななかった。

レンパン島における死者数の合計は一一二五人（不確定数値）である。死因の首位はマラリアで四六人、次いで食中毒一五人、アメーバ赤痢九人、溺死九人、脚気八人、大腸炎五人、急性腎臓炎四人、A型パラチブス三人、肺結核三人の順序である。この島において伝染病が蔓延しなかったことは天佑であった。

私の部隊では死者こそでなかったが病気には苦しめられた。腸炎、風邪、外傷の外に、熱帯潰瘍が蔓延した。一度これに侵されると一、二ヵ月経っても治らない。栄養失調で身体の抵抗力が低下して病魔を克服できないのである。

なお、レンパン島には第一次世界大戦でのドイツ軍の捕虜が送られ、約三〇〇〇人の軍人が亡くなり、その墓があると聞いていた。それはどこかと探してみたが、我々には最後まで見つけることができなかった。

復員後、私は埼玉県加須市で食糧配給関係の仕事をし、その後、東京都内や戸田市の競艇場でレースの審判員として働いた。結婚して三人の子どもと五人の孫に恵まれた。

私が私自身の戦争体験を語り始めたのは七十歳を過ぎてからである。以後、さいたま市の地元の公民館や福祉施設などで毎年講演をしてきた。戦争は二度とやってはいけないということを伝えたかったのである。

日本だけではなく、世界中のいかなる地域においても、二度と戦争が起きないことを心から願っている。

あとがきにかえて——空白の戦隊史

久山　忍

私は自著『蒼空の航跡』（産経新聞出版、現在光人社ＮＦ文庫所収）において海軍の「ゼロ戦」を書き、今回、陸軍の「隼」を書いた。これにより陸軍と海軍の航空部隊の比較ができた。そして感じたことが、組織性と個人性の違いである。

基本的に海軍は軍艦を動かす部隊である。軍艦という巨大な機械を操作するために海軍は存在し、すべての兵に正確に動く歯車のような機能性を求め、そのために厳格な規則と規律を課し、鉄鎖のような組織優先思考で兵たちの心身を締め上げた。

これに対し、陸軍はあくまでも個人の集合体である。個人が集まって小隊を編成し、小隊を結合して中隊とし、複数の中隊で大隊となる。原則として戦闘は、大隊、中隊あるいは小隊単位で行なうが、乱戦となると小集団（場合によっては一人）で戦闘を行なうこともあるため、個人の判断力を封殺する慣習が陸軍には無く（あるいは薄く）、そのため兵隊を縛る規律が海軍ほど戒律的ではない。

『蒼空の航跡』を執筆中、ゼロ戦パイロット（海軍）だった今泉利光氏が、「海軍は一番機から四番機で一個小隊を編制する。攻撃するのは一番機だけで、二番機以降はひたすら後ろをついて行く。四番機は落とされ役になる。四番機が落とされている間に離脱したり攻撃したりする。そのため四番機は『カモ番機』と呼ばれていた。カモのように打ち落とされるという意味である。四番機が落とされると三番機が『カモ番機』になる。三番機が落とされると二番機がその役目を負う。二番機以降の僚機が一番機から離れて戦うことなど絶対に許されなかった」

と教えてくれた。そのとき私は「陸軍もそうなんだろう」と思っていたが、関氏の話を聞くとそうではなかった。関氏の軍歴を追うと、海軍のゼロ戦パイロットよりものびのびと飛んでいる印象が残るのである。無論、軍用機の操縦は厳格な任務付与のもとに行なわれる軍務であるが、すくなくとも陸軍の操縦者に「長機の犠牲になる」という考えはなく、「個人の集合体」という意識のなかで自分の判断で飛んでいたと思われる。陸軍といえば封建的なイメージが強いが、戦闘機部隊に限って言えば、陸軍のほうが個人の行動がゆるやかであったと思われる。これは海軍と陸軍の組織体質の違いが航空部隊の風景において違いを産んだものであろう。

二点目は陸軍航空部隊の敢闘についてである。私はこれまで、ビルマ戦（インパール作戦）とニューギニアの地上戦について書いた。両書に航空部隊は登場せず、地上部隊が敵機に蹂躙される状況ばかりを描いた。そして私はてっきり、日本の陸軍航空部隊は早々に消耗し、地上作戦の支援ができなかったと思っていた。しかし、今回、各戦隊史を読むことによって、陸軍の航空部隊が最後まで敵機と戦い、相当の戦果を収めていることを知った。

関氏が所属した第七十七戦隊について言えば、中国戦線からニューギニアまで休むことなく死闘を展開し、ビルマ戦線では映画等で有名になった米国ボランティアグループ空軍（いわゆる「フライングタイガース」）に立ち向かう最初の戦闘機部隊となり、ニューギニア戦線ではアメリカの撃墜王たちと互角の戦闘を行なって強さを示し、アメリカ空軍をして「もっとも手ごわい敵」と言わしめた。そして最後は四機以下に消耗したにもかかわらず、それでもなお松元戦隊長自らが邀撃にあがって戦死するなど、その敢闘ぶりはすさまじいの一言に尽きる。

以下、飛行第七十七戦隊史の概要を書いておく。関氏から提供していただいた資料を私が要約した。

◇中国戦線での活躍

昭和十二年（一九三七年）七月、中国との戦争（支那事変）のため、陸軍第四飛行団（大正七年編成）に第八飛行大隊が太刀洗において編成された。これが後の飛行第七十七戦隊である。

七月二十四日、第八飛行大隊は満州の奉天に展開し、陸軍による地上作戦の支援を開始した。このときの主力機は九五式戦闘機である。

九五式戦闘機は三〇キロ爆弾を二個搭載することができ、七・七ミリ固定式機関銃二基を装備し、最大速度約三九〇キロ／時で飛ぶ性能を持っていた。九五式戦闘機の戦闘力は、当時、中国空軍が使用していたカーチスホークⅢやボーイング281（P－26）とほぼ同じであった。

七月下旬、天津で地上作戦の支援にあたった第八飛行大隊は、十月一日、太原飛行場を攻撃し、西川清中尉と川田一軍曹（少飛一期）がカーチスホークⅢを撃墜、大坪正義准尉が軽爆撃機一機を撃墜した。さらに七月十五日の戦闘でもカーチスホークⅢ二機を撃墜している。この戦闘が実質上、飛行七十七戦隊の初陣となった。

※少飛一期＝少年飛行兵第一期生のこと。関氏は少飛十一期生

昭和十二年（一九三七年）後半、中国軍が、ソ連（現ロシア）製の新鋭機Ｉ－15戦闘機とＩ－16戦闘機を導入した。この時期、海軍は新型の九六式戦闘機を採用してこれに対抗したが、陸軍の新型戦闘機である九七式戦闘機はまだ一部しか導入されておらず、第八飛行大隊は旧型の九五式戦闘機で戦闘を続けた。

昭和十三年三月十日、第八飛行大隊は、旧式戦闘機にもかかわらず、圧倒的な速度を誇るSB爆撃機（ソ連製）三機を撃墜した。SBは双発単葉の高速爆撃機（三人乗り）である。軍事協定によりソ連から供給を受け、中国が物資輸送や爆撃に使用していた。

五月十一日、杉浦大尉率いる一〇機の九五式戦闘機が中国機五機を撃墜し、さらに駐機中の五機を破壊した。

七月三十一日、第八飛行大隊は「飛行第七十七戦隊」に改称された。

八月二十一日、村岡真一大尉率いる第七十七戦隊が、漢口において中国空軍のI－16とAvro練習機と交戦し、江藤豊喜中尉と川田一軍曹らの活躍により八機を撃墜した。このとき江藤中尉は単機で二機を撃墜したのちに揚子江に不時着し、無事に生還した。

昭和十四年中頃、第三中隊が加えられ、第七十七戦隊の戦力は三個中隊となる。

中国戦線の第七十七戦隊は、旧型の九五式戦闘機で戦ったにもかかわらず多数の撃墜戦果をあげた。特に、複葉機の九五式戦闘機で双発単葉のSBを撃墜し、さらにはI－16（引き込み脚式の単葉戦闘機）をはじめとする最新鋭機と互角以上の戦闘を行なったことは驚異的な戦いぶりであったといっていい。

十月、第七十七戦隊は、満州のルンチェンに転進し、複葉機の九五式戦闘機から陸軍機の傑作といわれる低翼単葉機の九七式戦闘機に機種変更した。

昭和十六年（一九四一年）六月、第七十七戦隊は、第五飛行団第十飛行師団の指揮下に入った。

この時期、第七十七戦隊は、満州北部に駐留し、訓練と国境警備に従事した。

◇ビルマ攻略戦

昭和十六年十一月十七日、太平洋戦争開戦前、第七十七戦隊は第十飛行団に編入され、ルンチェンを離れてインドシナのナートランに転進した。

この当時、第十飛行団が使用していた南方の空軍基地は、

中国方面　ムクデン（瀋陽市）、ナンユエン（南苑）、広東

台湾　台北、嘉義

海南島　海口、三亜

インドシナ方面　トウラン、ナートラン、シエム・リャプ

である。

十二月八日、日本がアメリカに宣戦布告し、太平洋戦争に突入した。

開戦の日、タイ国のシエム・リャプ（アンコールワット近郊）に展開していた第七十七戦隊は、バンコックのアラン・プラデト基地に対し、九七式戦闘機（二一機）と九七式軽爆撃機（九機）による攻撃を行なった。

このときタイ国のホークⅢ三機が邀撃したが、広瀬少佐、桑原庸四郎中尉（陸士五十一期、後に大尉）、小島嗣夫中尉が全機撃墜した。この日が桑原中尉の初撃墜となった。この戦い以降、桑原中尉は第七十七戦隊のエースパイロットとして部隊を牽引する。

日本軍がタイ国を制圧後、第七十七戦隊はビルマ攻略戦の支援を開始し、英空軍と熾烈な戦闘を開始した。

十二月二十三日のクリスマスに行なわれたラングーン攻撃では、英軍第六十七中隊（バッファロー、一五機）と米国ボランティアグループ（トマホーク、一〇機）の邀撃を受け、計七機の爆撃機を喪失した。このとき第七十七戦隊は爆撃機の援護に当たっていた。

連合軍との戦闘終了後、第七十七戦隊は、

「戦闘機七機撃墜、未確認四機」

と報告した。操縦者の撃墜報告は過大になりがちである。実際には連合軍の戦闘機はそれほどの損失を受けていなかったが、第七十七戦隊は爆撃機援護の任務を果たした。第七十七戦隊の活躍がなければ爆撃機の損失はさらに大きくなっていたであろう。なお、この日、第七十七戦隊の戦闘機は全機、基地に帰還した。

二十五日、日本軍は再びラングーン攻撃を行ない、米ボランティアグループと第七十七戦隊がミンガラドン上空で戦闘を行なった。この日の戦闘で日本軍は、

「連合軍飛行機三〇機撃墜」

と発表し、連合軍は、
「日本軍の爆撃機一六機、戦闘機一二機撃墜」
と発表した。
実際の日本軍の損失は、
第十二戦隊　爆撃機四機喪失
第六十戦隊　損失なし。
第六十四戦隊　戦闘機「隼」二機損失
第七十七戦隊　戦闘機三機損失
※染谷正志中尉（戦死）、利根哲特務曹長（落下傘降下後、捕虜）、その他一機墜落であった。

なお、ラングーン上空で行なわれたこの日の戦闘で「米国ボランティアグループ」に注目が集まり、「フライング・タイガース」と名付けられて英雄となり、新聞等で報道されたほか本や映画の主人公となって世界的に有名になった。

これ以降、ビルマ上空で第七十七戦隊を主力とする日本軍と連合軍が激しい戦闘を繰り広げた。

第七十七戦隊は常に旺盛な敢闘精神と高い技術を発揮し、いくつかの戦闘で勝利を納め、爆撃機援護の任務を全うした。

昭和十七年（一九四二年）二月、ラングーンが陥落、英軍がインドに後退し、ビルマに日本軍によるビルマ軍政（五月頃）が敷かれ、ビルマ全土が日本の勢力下に置かれた。

第七十七戦隊はラングーン陥落後、満州のルンチェンに転進し、第四飛行師団の指揮下に入った。

八月、第七十七戦隊は、九七式戦闘機から最新鋭機である一式戦闘機二型に機種変更した。一式戦闘機は「隼」と呼ばれ、連合軍は「OSCAR」というコードネームを付けた。

◇ニューギニアの戦い

ビルマ戦のあと、第七十七戦隊は、満州からスマトラに転進して防空にあたり、その後ふたたびタイ、ビルマに転進して英軍と戦闘を行なった後、昭和十八年（一九四三年）二月、ニューギニア中部北岸のホーランジアに転進命令が下った。第七十七戦隊の運命を決定した命令である。

この時期、東部ニューギニアは連合軍（マッカーサー指揮の地上軍）によって侵攻され、日本軍は劣勢を強いられていた。そうした戦況のなか、二月二十七日、第七十七戦隊がホーランジアに到着した。ホーランジアに対する増援部隊は、

第三十三戦隊（戦闘機）

第六十戦隊（戦闘機）

第七十五戦隊（九七式軽爆撃機）
第四十五戦隊（二式複座戦闘機）
第七十七戦隊（一式戦闘機）
の五個戦隊であり、集結した飛行機の総数は二七七機、そのうち一三二機を戦闘機が占めた。

第七十七戦隊はホーランジアに到着後、転進してウエワク飛行場に展開して防空にあたった。

ウエワクはニューギニア島の西部にある大きな村である。ニューギニアで最大の日本軍基地があった。第七十七戦隊の任務はウエワク方面の防空である。

三月五日、第七十七戦隊の本格的な戦闘がはじまった。以後、第七十七戦隊は、リチャード・ボン大尉、ニール・カービー中佐、トーマス・リンチ中佐、サミュエル・ブレア大尉、ウイリアム・ダンハム大尉、ウイリアム・ストランド中尉らと死闘を展開した。米空軍で「撃墜王」の評価を受けるこれら歴戦のパイロットたちに対し、第七十七戦隊は互角の勝負を行ない、三月五日の戦闘では、低空で格闘戦闘を挑んできたカービー機を撃墜（三苫准尉と青柳軍曹による共同撃墜）するなど、ニューギニアの地においてその力を遺憾なく発揮した。

しかしその後、第七十七戦隊は、膨大な空軍兵力を持つアメリカ軍との戦闘で消耗し、次第に劣勢に陥っていく。

三月十一日、早朝、B－24（三〇機）、B－25（一九機）、A－20（三〇機）がP－47戦闘機を帯同してウエワクに空襲を行なった。このとき第七十七戦隊の稼働機は一三機であった。邀撃にあがった編隊は桑原大尉に率いられ、約八〇〇メートルの低空で待ち構えた。激しい空中戦が始まった。速度と数に勝る米軍機に対し、第七十七戦隊の「隼」は巧みな操縦で対抗した。爆撃機を援護するP－47をできるだけ低い高度におびき寄せようとして急接近を繰り返し、P－47は「隼」から爆撃機を守るために急降下と急上昇を繰り返した。

米軍パイロットは一連の戦闘を通じ、第七十七戦隊に対し「経験豊富で積極的」という印象を持ち、これまで遭遇したなかで「最高の強敵」という評価をして敬意を払った。

ニューギニアにおいて「隼」を主力機とする第七十七戦隊は、高高度においてP－38やP－47よりも最大速度が約一六〇キロも遅いにもかかわらずよく戦い、しばしば空中戦において勝利した。

しかし、連合軍の侵攻は日ごとに激しくなり、

三月十二日、邀撃にあがった六機が全機撃墜され、経験豊富な三苫准尉が戦死した。

三月十四日、邀撃にあがった七機のうち四機が未帰還となり、桑原大尉が消息を絶った。

第七十七戦隊にとってこの二人の喪失は痛かった。特に桑原大尉の戦死は影響が大きかった。

桑原大尉は、タイで英空軍とフライング・タイガースを数機撃墜し、ニューギニアでも二

ニューギニア上空で米軍のB-25爆撃機(左)を邀撃する「隼」

機を撃墜した。中国戦線からトータルすると一四機以上の撃墜数をもつ文字通りのエースパイロットであった。リーダーとしても有能であり、ニューギニアにおける全作戦の指揮を執り、連合軍の撃墜王であるデック・ボンやトミー・リンチらと互角の戦いを行なうなど、高い操縦技術と旺盛な敢闘精神を発揮した。

三月二十六日、第七十七戦隊の稼働機はわずか四機になった。

三月三十日、三十一日、連合軍による大空襲が行なわれた。この攻撃によってホーランジアに駐機していた一三〇機以上の飛行機が地上で破壊された。

四月十一日、ウエワクに一二機のB－24と一六機のP－38が飛来し、松元少佐率いる三機の戦闘機が邀撃にあがった。この戦闘で第七十七戦隊は、「P－47を三機撃墜」と報告した。

四月十二日、五〇機のP－38戦闘機と一〇〇機の爆撃機による大空襲があり、残存する日本軍の戦闘機二七機が邀撃にあがった。ホーランジア上空で両軍が入り乱れる空中戦が展開され、この乱戦で、ついに松元少佐が戦死し、松元機の僚機であった福島和吉軍曹も戦死した。この日をもって第七十七戦隊の戦力は底をついた。

四月二十二日、連合軍がホーランジアに上陸した。

ホーランジアの日本軍（第六飛行団）約一万（うち残存のパイロットは約一〇〇人）は、サルミまで陸路による撤退を開始した。そしてほぼ全員がジャングルのなかで行き斃れた。

第七十七戦隊は、松尾大尉、多頭大尉を含む一六人の操縦者が徒歩により転進したが、全員死亡した。ニューギニアから帰還した第七十七戦隊の操縦者は一人もいなかった。

その後、シンガポールにおいて第七十七戦隊の再建が計画されたが頓挫し、第七十七戦隊は歴史のなかに消えていった。

以上が第七十七戦隊史の概要である。

第七十七戦隊は、中国戦線からニューギニアまでの赫々たる戦歴をもつ戦隊である。その活躍は陸軍航空部隊のなかでも屈指といっていいであろう。不運にもニューギニアで全滅し、その功績を語るパイロットが皆無となった。ニューギニアの地で懸命に戦った操縦者たちに対する哀悼の意を込めて、ここにその概要を書いた。本書の理解を助ける一文にもなるかと思える。

なお、第七十七戦隊史の概要については、アメリカの日本戦史研究家であるリチャード・L・ダン氏（Richard L. Dunn "77TH SENTAI"）と鹿児島在住の今吉孝夫氏（翻訳）の資料を参考にした。両氏の戦史研究に対する尽力と成果に敬意を表するとともに、参考とさせていただいたことに対し、この場を借りて厚く御礼を申し上げる。

以上、陸軍航空部隊の敢闘ぶりに刮目したことをここに書き、筆を置くこととする。

令和元年十月

文庫版あとがき

戦後、時を経た。飛び交う銃砲弾のなかを地に伏せ、飢餓状態で密林をさまよった戦場体験者のほとんどが亡くなり、空襲を受けたり、満州から苦労を重ねて帰国した戦争経験者もめっきり少なくなった。

一〇〇年の時が経つと記憶は歴史となる。戦国時代や明治維新あるいは日露戦争とおなじように、長い時間が経過することにより、太平洋戦争も歴史になろうとしている。様々な教訓が詰まったこの戦争の記録が、人類共有の教材として活用されるまでもう少しである。

本書がそのときの参考書になればと願っている。

令和三年十一月一日

久山　忍

単行本　令和元年十二月　潮書房光人新社

ＮＦ文庫

B－29を撃墜した「隼」

二〇二一年十二月二十二日　第一刷発行

著　者　久山　忍

発行者　皆川豪志

発行所　株式会社　潮書房光人新社

〒100-8077　東京都千代田区大手町一－七－二

電話／〇三－六二八一－九八九一代

印刷・製本　凸版印刷株式会社

定価はカバーに表示してあります

乱丁・落丁のものはお取りかえ致します。本文は中性紙を使用

ISBN978-4-7698-3241-6　C0195

http://www.kojinsha.co.jp

NF文庫

刊行のことば

第二次世界大戦の戦火が熄《や》んで五〇年——その間、小社は夥しい数の戦争の記録を渉猟し、発掘し、常に公正なる立場を貫いて書誌とし、大方の絶讃を博して今日に及ぶが、その源は、散華された世代への熱き思い入れであり、同時に、その記録を誌して平和の礎とし、後世に伝えんとするにある。

小社の出版物は、戦記、伝記、文学、エッセイ、写真集、その他、すでに一、〇〇〇点を越え、加えて戦後五〇年になんなんとするを契機として、「光人社NF（ノンフィクション）文庫」を創刊して、読者諸賢の熱烈要望におこたえする次第である。人生のバイブルとして、心弱きときの活性の糧《かて》として、散華の世代からの感動の肉声に、あなたもぜひ、耳を傾けて下さい。